雅众
elegance

智性阅读
诗意创造

别靠近书

佐野洋子随笔集

［日］佐野洋子　著　　吕灵芝　译

北京联合出版公司
Beijing United Publishing Co.,Ltd.

雅众文化 出品

目 录

I

药很好喝

很久以前，就像故事里讲的很久很久以前，我每次咳嗽，大人都会拿出一种叫"Thymitussin"的褐色液体给我喝。我特别喜欢这种药水。不过哥哥特别讨厌，所以可能喜好有别吧。那种药水的味道很特别，给人感觉肯定非常有效。我是个十九岁前从来没看过医生的健康孩子，既没有拉过肚子，也没有呕吐过，而且不怎么感冒，喝"Thymitussin"的机会自然不多。一般身体健康、好养活的孩子很难得到父母的关注，所以我可能曾经希望自己是个娇弱的女孩子，好得到他们的疼爱。不过，现实的我每次见到体弱多病的哥哥被男孩子欺负，就会拿着棍棒冲过去救他，想必谁也不会觉得这样的孩子需要保护吧。

更何况我还是家里首屈一指的苍蝇杀戮专家，最擅长一下拍死两只苍蝇。

以至于父亲听到苍蝇嗡嗡飞，就会把苍蝇拍和一句

"去吧"扔给我。

五岁的我拿起苍蝇拍，首先保持一动不动，只用目光敏锐地捕捉苍蝇的身影。哪怕苍蝇停在窗台上了，我也不会马上行动。

因为年轻的小苍蝇待不住，一停下就要飞走。于是我便静静地看着，等到苍蝇开始搓手了，才蹑手蹑脚地走过去，"啪"的一下。

等苍蝇掉到地上，我就再补上一记。剑豪电影里总能看到武士单挑，静静地与敌人对峙，迈着小碎步移动，目光一刻都不离开敌人，然后大喝一声砍过去。现在我看到这种画面，都会想起小时候打苍蝇的光景。

我觉得，小时候打苍蝇已经耗尽了我一辈子的注意力和胆量，所以等我长大了，才会变得如此散漫。除了打苍蝇，我再也没有过拼命努力获得成果的经历。

五岁那年的我是天才，长到二十岁反倒连庸人都不如了。

小时候，家里会煮绿色小豆子做的夏季饮料，最后做成一种透明的橄榄色液体。我一点都不爱喝那个。那是一种无法形容的，只能在中国尝到的，含糊不清的味道。

一次，我把拍死的苍蝇扔进了喝剩下的豆子汤里。扔了一个就想扔第二个，觉得半死不活的苍蝇在里面渐渐溺水的样子很好玩儿，于是我就更热衷打苍蝇了。等家里找不到苍蝇，我就跑到外面去，专找垃圾桶周围狩猎苍蝇，直到绿豆汤表面变成全黑，我才心满意足，同时恶心得不行。当时我站在明亮的房间里，想着这也太恶心了，还是赶紧扔掉吧，结果就让父亲发现了。

"你这小鬼啥都给我往里整！！"他大吼一声，见我往洗碗池走，又大吼一声，"扔厕所去！"

我觉得当时父亲一定把我看成了诡异的小孩子。

后来，父亲一有点什么事就会大吼"别给我啥都往里整！！"，但已经忘了那究竟是什么意思。

不过现在回想起来，我的一生的确是啥都整成一锅粥的过程。

从那以后，我就再也见不得那种橄榄色的豆子汤了。

我有时喝可尔必思，有时喝苏打汽水。世上应该不会有讨厌喝可尔必思的小孩子吧。反正我每次喝都特别感动。我对可尔必思的爱可以持续一辈子，现在只要看到白底蓝点的包装，我就特别高兴。而且每次喝可尔必思，我都能回忆起童年的感动。

虽然小时候不是每天都很快乐，不过可尔必思每次都会让我回忆起那些高兴、感动和幸福的瞬间，还有夏日明媚的阳光。

然后，我们就撤回了日本。

那是一个没有自来水的村子，我们都要到一条小溪边上打水做饭，也要在同一个地方洗衣服洗菜。在外面玩儿的时候也会捧起小溪里的水喝。冰冰凉凉，特别舒服。

不过，小溪上游有一户人家，他们也用自家门前的水洗尿布洗菜。

现在回忆起来，我觉得这才是啥都往里整。当时的卫生意识真是太差了。

一年夏天，我到东京的婶婶家玩儿。婶婶给了我一杯褐色的液体。我当时感动坏了，因为那是我头一回喝到这种饮料。那杯饮料很香，而且很爽口。"这是什么？""这叫麦茶。""很贵吗？"婶婶笑着说："可贵了。"然后笑得更大声。

我们从乡下搬到了中型城市，麦茶也成了夏天的日常饮料。家里会把麦茶放进大水壶里煮沸，再将壶泡进自来水里凉一凉。如今回想起来，在没有冰箱的时候，我其实很喜欢温温的麦茶。后来生活越来越好了，我十八岁来到东京时，冰箱和电视机已经开始普及到家家户户。当时正值建筑热潮，整座城市都变得坑坑洼洼。

我头一次喝到了可口可乐这种饮料。看到红色"可口可乐"字样和绿色曲线的瓶子，让我不禁想，这是不是整个瓶子直接从美国空中飞来的呢。

我永远忘不了喝下第一口的惊讶。

因为可口可乐有一股"Thymitussin"的味道。在喝到可乐之前，我从未想起过那种味道。有朋友说可乐很难喝，有股药味儿。可我正是因为它有股药味儿，才感觉遇上了奇迹。当时我已经不确定是否还存在"Thymitussin"这种止咳药了。

我也不知道"Thymitussin"里的什么成分成就了可乐的味道。

我一直被教育说可乐对身体不好，但不时会因为怀念那股药味儿，带着"偶尔来点无所谓"的想法，喝上一听可乐。

月 亮

我从未对未来有过幻想。对我来说，未来是个很可疑的东西。小时候看漫画，里面出现了人不需要走、自己就会动的移动道路。天上还有只能坐一个人的小飞机。另外还有特别高的大楼、满街的机器人，等等。小贵把那本漫画拿给我看时，还唾沫横飞地说："太厉害了，太厉害了，未来会变成这样呢！"我觉得那都是吹牛，而且我还不爱听。

那时我们还穿着木屐在野外玩耍，小贵心中描绘的漫画那样的未来，恐怕也在一两百年之后吧。

可是，等我回过神来，已经站在了自己会动的道路上，城市的光景也变得比漫画更光辉灿烂，到处都是高楼大厦。那本漫画的作者应该没想到未来会人手一台移动电话，而且还人手一台电脑。只过了短短一段时间，那个未来就成了现实，而且现实还远远超过了对未来的预测。我格外自然地用手机发送邮件，时而觉得这很方便，时而又心中冒火。

在那贫瘠的青春时代，约会都要通过明信片来沟通。那姑娘的字好丑啊。人们都有着笔触独特的巨大字体和扭曲字形。我还收到过女性朋友倾诉失恋的信，信上有许多直径一公分大小的圆形泪痕，把蓝墨水都晕开了。

一想到苏联卫星2号上的小狗至今仍在绕着地球转动，我就感到害怕。一个人穿着银色气球似的衣服（？）走在月球表面上的照片最令我感到讨厌。在电视上看到那个画面时，我心里只想到"你没事去那里干什么"，男人们却格外兴奋。

我不需要这些，我只需要知道兔子在月亮上打年糕就够了。我感觉自己受到了侮辱。开车走在山路上，抬头看见月亮时，我会想象以前那些公主看着月亮等待情郎的光景，会想象男人在唐土思念日本月光的孤独。我会想到一个十二岁左右的看孩子的小姑娘用干裂的小手将天上的冬月指给背上婴儿看的苍凉，我会让月亮带我无限回到过去。

月亮是用来看的。大地上不知有多少人类会看着月亮想想心事，或单纯发呆。也有在满月下嗥叫的狼人，还能用月亮的圆缺来代替日历，究竟有什么不好的呢？

跑到那种地方去带一块石头回来，这种行为太疯狂了。这不是人该做的事情。可是人都喜欢做不该做的事情，一旦做了，那事也就成了理所当然。

于是，我们便失去了未来。因为现实已经远远赶超了未来。我那天看到的漫画算是科幻吗？它会像如今我们在电影里看到的科幻那样，在将来成为现实吗？我希望在世界成为那种科幻的现实之前死去。

我心中总有一个声音说不能变成那样，而我一直都觉得未来是很可疑的东西。在埋头狂奔的现实中，我已经气喘吁吁。我生活在许许多多个现在的瞬间，而那些全都成了过去。

前天是满月之夜。树林上是一片深蓝色的天空，又圆又亮的月亮高高挂在上面。

在这个季节眺望满月，会让我想起在北京家院子里赏月的情景。客人在院子里喝酒，大人们反复说着北京的中秋之月天下第一，个个都抬起头来看向天空。连我也觉得自己要感慨一番了。可是，我却一个劲盯着地面，到处寻找白虫子。当我想到自己得看看月亮，于是抬起头时，看到墙头上有只黑猫。我对黑猫感慨了一番。

大学修学旅行，我们去了奈良。同学们都在奈良的公园里仰面躺着看月亮。那天是满月。我旁边那个男孩子的脸比白天时还要清晰。"你现在虽然不吸引人，不过到了二十七八岁肯定是个好女人。到时候我可以考虑喜欢你。""你别光说以后的事情，现在喜欢喜欢啊。""那可不行，绝对不行。"也不知道那个男孩子现在怎么样了。

曾经，我一个人走在威尼斯的路上，被十岁左右的男孩子搭讪了。他说晚上八点会在教堂的喷水池那里等我。我临近十二点时独自走到露台上，发现月亮升了起来。海上倒映出细细的揉皱的月光。那孩子真的会去教堂门前等我吗？我有点想笑。那天也是满月。

你瞧，月亮就是为了让人忆起过去啊。

到"有问题"为止

我第一次看见俄国人是在北京的有轨电车上，当时我四岁左右。在挤满中国人和日本人的车厢里，唯独一个长着白脸，头发不黑，眼睛颜色也很淡的高大男人显得格外突出。我头一次看见白人，吓了一大跳，还扯了扯父亲的西装袖子，竖起食指指向了那个男人。父亲用压得极低的可怕声音对我说："不准用手指别人!!"我当时特别羞愧，心里充满了强烈的羞耻感。下了电车，父亲才告诉我："那是白俄人。"

我觉得特别稀罕，就像头一次看到动物园的长颈鹿和大象那样。

直到现在，我都不太理解白俄人的白到底是什么意思。后来，我只要在外面见到白人，就都把他们当成了白俄人。

然后战争结束了。当时我们在大连，一下子开进来好多俄国部队。

俄国大兵都穿军服，又高又大，总是成群结队行走，所以孩子们见到都会尖叫着跑开，躲在阴影里偷偷看他们。还有人说俄国大兵都是野蛮人。我们那时候管俄国人叫"露助"[1]。虽然不知道是谁发明了这个词，不过听起来的确很有蔑称的感觉。

没过多久，就出现了许多日本流浪儿童。一天晚上很晚了，我听到有人敲窗户就走过去，看见一个十岁左右的男孩，正笑眯眯地拿着一根紫菜卷站在窗外。

窗户里亮着灯，我们一家六口人待在屋里。已经入冬了。那孩子对我伸出了紫菜卷。母亲对他说："你留着明天吃吧。"可能是哪个好心的日本人让他吃饱了肚子，还做了明天的份给他拿走吧。那孩子可能想成为我们家的孩子。

附近新盖了一座公园，还发生了大战结束后学校没了，十五六个学生一起上吊自杀的事件。那都是些刚刚从日本过来上学的孩子。可能他们觉得，日本不可能在这种情况下继续存在吧。

一天白天，住在我们家后面的那家太太一丝不挂地

1　俄国人的日文为"ロシア人"（发音似露西亚），"露助"的日文原文为"ロスケ"，即取俄国人的首音，与日本人名中常用的"助"搭配，造出一个和语称呼。——编者注

从窗户爬了进来。现在想想有点可怕，不过当时我特别兴奋。

晚上，一群喝醉酒的俄国大兵大声唱着歌从外面走了过去。

"那帮人一喝醉肯定会唱歌。"父亲有点感慨地说。那是嗓门又粗又大的合唱。

一天夜里很晚，父亲拿来了一个像是大口袋又像是大包袱的东西。打开一看，里面装着两条有枕头面包那么粗的香肠。其中一条黑不溜秋的，还有一点点白色粉末。我头一次见到那么大的香肠。另外一条什么样我忘了。

原来，父亲看到一群喝醉酒的俄国大兵用棍子挑着那东西边走边唱歌，心想那包东西肯定会掉，便跟了上去。结果真的掉了。我们当时吃的都是玉米粉捏的丸子和高粱粥，那两根香肠宛如天堂的美食。我觉得父亲真厉害。

大连有一座高级宾馆叫大和宾馆。旁边应该是一片叫作星浦的美丽海面。那里成了苏联高级军官的宿舍。学校虽然没有了，不过负责带我的女老师曾带着我们两三个孩子去那里远足。

一个军人朝我们坐的地方走了过来。从服装和气质一眼就能看出他跟那些晚上喝醉酒大声唱歌的"露助"不一样。我当时还是个孩子，很快就学会了几句简单的俄语，应该是叫了那个军人一声。那个军人抱起我，说要带我去宾馆。我虽然是个孩子，但是明白过来了。这人应该有个跟我差不多大的孩子，所以他看到我就想起了自己的孩子。老师说你去吧，可我很害怕，一直摇头。

那时还年轻的鱼住静老师啊，我一辈子都在想，当时应该跟军人去的。

老师撤走时，给我留了日本的地址。我把它当成了宝贝。

可是哥哥却抢过去吃掉了。哥哥记住了地址，后来又给我写了一张，但是被我弄丢了。

后来我遇到的俄国人，是安娜·卡列尼娜。当时我应该在读初中。

安娜·卡列尼娜跟大连那些喝醉酒大声唱歌的俄国人一点关系都没有。

一个初中生能看懂多少《安娜·卡列尼娜》呢？直到现在，我都不觉得那些军人与安娜·卡列尼娜、渥伦斯基是同一国的人。阶级的差异比国籍的差异要大得多。

后来，我又读了《卡拉马佐夫兄弟》。这本书很难读，但只要是铅字，我什么都读，所以没办法。

两本书的译者是同一个人。我一度以为全日本只有一个人懂俄语。

可是内容我一点都看不明白。有时候长长的名字能占去一整行，厚重得让人喘不过气。

然后我就认为，陀思妥耶夫斯基是个非常伟大的人，他揭露了人类的复杂、混沌、邪恶与信仰的根源，只要是人，就不能不读他的作品。

于是，我坚持把晦涩难懂、沉重而泛着油脂感的《卡拉马佐夫兄弟》读完了。虽然一点都看不明白，但我并没有别的娱乐方式。看完之后，我觉得只要等自己上了年纪，在空闲的余生里重读应该能明白过来，便把书放在了一边。

这么一放，我就到了中年。我住的房子以前还有一家俄国人住过，是当时跟他们一起住的人把我带到了这里来。那座房子有好几个宽敞的房间，还有独立的厨房，因此高大的俄国人并不会显得碍手碍脚。他到日本来可能是为了学习日本文学，自己也会说一些日语。每次他提问题，都会用"有问题"开头。"有问题，传真纸没了""有问题，油没了""有问题，笔没了"。

我曾跟同住人探讨过，他会不会太厚颜无耻了。

这就是我所知道的全部俄国人。我不是个国际化的人，只懂得说日语。因为日本是个岛国，我也有着岛民的性子。

我怎么写起了俄国人呢？我在这余生的路途中央，迎来了陀思妥耶夫斯基的时刻。

我开始读光文社新译的《卡拉马佐夫兄弟》。那是简明得令人惊叹的日语，可能让初中生来读都能读懂。我顿时觉得此前那个全国唯一的译者罪孽深重。那些尚未看过新译就死去的日本人，肯定把误解一直带到了天堂吧。身在岛国的日本人基本上只能通过电影、书本和电视来了解外国人。我们想读的不是翻译腔，我们想读用日语写就的外国文学。

蓝天、白牙

一九四四年，我从北京搬到了大连。因为父亲调动工作了。父亲在满铁调查部的学术调查团工作。父亲搞的好像是"中国农村习俗调查"这种民俗学一样的研究，而且经常出差。他去的地方都是内蒙古这种边境之地，还会带些我从未见过也从未吃过的糖果点心回来，每次我都特别高兴，风风火火地跑到父亲面前一坐，怀着激动的心情等他打开旅行箱。

那年我五岁。我去上过幼儿园，不过三天就不去了。因为我荡秋千的时候，一个吊着眼睛的三角脸男孩子横着荡过来，狠狠撞上了我的秋千。第二天，我便蹲在家门前的金合欢树下，用钉子刨起了土。过了两三天，幼儿园的小朋友们排成一队走了过去。大家都嘻嘻哈哈地叫着笑着，背着小书包，挎着小水壶，仿佛一团快乐与兴奋的云雾般走了过去。糟糕，我突然从心底里后悔自己不再去幼儿园，但幼小的心灵很快便接受了人生有很多事情无法挽回的事实。于是我又蹲下来刨起了土。

一九四五年四月，我上了小学。那是一所红砖砌成的气派学校。负责带我们班的是一位年轻老师，名叫鱼住静。中午我们都在食堂吃饭。宽敞的食堂里摆着餐桌，上面铺着白色桌布，有时餐后还有冰激凌甜点。我们用的餐具可能是铝制的，全都银光闪闪，椭圆形的盘子中间分成了三个区域。可是我对盘子里装过什么东西却丝毫没有记忆。我只记得冰激凌。鱼住老师好像不喜欢我。邻桌的花畑君上课时会把手伸进我的裙子里。每次我都会大声叫喊，老师就会走过来说："为什么佐野同学不能保持安静呢？"我没敢告诉她是花畑君把手伸进了我的裙子里。

我记得罗斯福去世那天。我们站在公司宿舍后院的树篱旁，上六年级的小胜兴奋地说："罗斯福死了，我们赢了！"他那异常的狂热很快传染给了所有孩子，我们五六个人围成一圈跳起舞来，口中高唱着"罗斯福死啦，罗斯福死啦"。后来，我们捡起周围掉落的树枝，使劲抽打树篱。我从没见过罗斯福长什么样，甚至不知道总统这个词。我觉得他应该是美国的天皇吧。或许我的想法是，既然美国的天皇死了，日本的天皇陛下还活着，那就是我们赢了。那是一个傍晚，天上堆着乌云，不冷也不热。现在回想起当时的情景，眼前也是一片通透的灰色。

后来我才知道，罗斯福是四月十二日死的。

八月十五日，大人们全都一声不吭。父亲的好朋友山口先生的夫人到家里来了。不久前，山口叔叔收到了红纸征兵令。他应该已经三十多岁了，他夫人大概二十五岁吧。叔叔出征那天，阿姨倒在我们家榻榻米房的地板上，发出奇怪的喊声大哭了一场。我记得她哭得满地打滚。我虽然还小，却觉得自己头一次看到了不可以看、但是一直很想看的东西。山口阿姨长得又白又胖。

那天，我们十二点集中在了校园里。天气特别好。回首我这一辈子，从来没有看过像一九四五年八月十五日的大连那样蔚蓝的天空，也从来没有在别的地方体验过比那天的光芒还明朗的天气。老师们在学生前面站成一排。气氛很奇怪，但我记不太清了。校长穿着军装和黑色长靴，究竟说了些什么，我也不记得了。然后扩音器就发出了很大的沙沙声，仿佛沙粒在铁板上流动的声音。一个男孩子小声说："那是天皇陛下的声音。是天皇陛下。"这个消息就像波浪一样传了出去。那个声音断断续续，听起来很奇怪，不像普通人的说话声。我听到了一句"堪——所难堪、忍——所难忍"，唯独那句话在一阵沙沙声中冒了出来。那个语调实在太奇怪，我自然而然地开始想笑。再看周围，发现大家都看着地面，有些男孩子也在忍着笑。不过，这是人们有生以来头一次听到天皇的声音，肯定也产生了异常的紧张。

后来的事情我就不记得了。校长应该说了几句话，然后我就跟住得近的同学一起回家了。走进家门，母亲和山口阿姨都用手帕按着眼角在哭泣。这次阿姨没有在地上打滚，而是安安静静地用手帕擦眼泪。我有不好的预感，便问："输了吗?"母亲说："结束了。"我又问："赢了吗?"母亲还是说："结束了。"我走到后院去，孩子们都吵吵闹闹地聚在一起。我走到孩子头小胜身边。小胜说了跟妈妈一样的话："我们没有输，只是结束了。"然后小胜又说："既然没有输，那就是赢了。"一个人说："结束了就是赢了。"大家都开始喊："赢了，赢了!"所有孩子都散发出了狡辩的气息。"哇，赢啦! 赢啦!"大家又像罗斯福死去那天一样疯狂跳起舞来。只是，孩子们的舞蹈跟罗斯福那次有点不一样，仿佛被抽掉了主心骨，气势也很弱。我感觉，我们当时虽然边跳边喊赢了，其实心里都清楚我们输了。

然后，我们走到大路上坐成了一排。路上很安静，一个人都看不到。在那之前和在那之后，我都没见过如此安静的道路。一个年长的女孩子跳上旁边的金合欢树，开始撕扯树叶。金合欢树细细的枝子上有大约十片椭圆形的树叶，我们总是拿它来玩伊吕波歌[1]游戏。孩子们先选好自

---

1 记忆日语假名的歌谣，早于五十音图。——编者注

己的树叶，然后把尖尖掐掉。接着，就从枝子根部开始念着伊吕波歌往上数，数到"to"就把那片叶子扯下来扔掉，如此反复。基本上数到第二轮，自己的叶子就会变成"to"被扯掉。如果运气好，只剩下自己那片，那就算赢了。当时我们一共有五六个孩子，小胜也跟我们一起念着伊吕波歌。我总觉得大家是实在没办法了才玩这个，其实心都没放在游戏上面。天很蓝，阳光把闪闪发光的沥青路面照得发白。

就在那时，一个九岁或十岁左右的中国男孩子光脚扛着一袋煤走了过来。他脸上和双手都被染得漆黑，搞不好还是光着膀子。这是经常看到的光景，因为周围有许多那样的孩子，而且也时常见到那样的成年中国人。那孩子顺着明亮的大路独自走了过来，还转头看着我们，咧嘴笑了笑。他笑着从我们面前经过，还把脸转过来继续对着我们笑。因为他满脸满身都蹭满了煤灰，露出的牙齿显得异常地白。那个笑容比天皇陛下的沙沙广播更让我震惊。看到那孩子，我们这群坐在地上的小孩个个都像被棍子打了一样僵住了。那时，小胜压低声音反复嘀咕："别以为赢了""就很了不起"。我也学了他的样子。当时大家都产生了决定性的认识。我们输了。同时，所有人都不知道，我们究竟会变成什么样。

第二学期开学，我去了学校。大家刚吵吵闹闹地坐下来，老师就叫我们收拾好东西全都拿到走廊去。当我们下楼的时候，中国小学的学生排成一排走了上来。那些中国小学生跟八月十五日那天的光脚孩子一样，都咧着嘴朝我们笑。我们一声不吭地跟他们在楼梯上交错而过，然后那就成了我最后一天上学。老师什么都不说，我们也一声不吭地回了家。我把折成六角形的红白色崭新头带忘在了桌洞里。

　　我只为这个觉得可惜。

烧水壶

小学五年级那年，我从山梨乡下搬到了静冈市。就是搬到城里了。我们住的地方在骏府城里，跟家康一样[1]。父亲说，这里可是骏府城啊，骏府城！当时是夏天，所以天气很热。

我看到了雄伟的石墙，看到了护城河里绿色的水，走过了有点弯曲的石桥，心里涌出难以抑制的骄傲。穿过桥进入城中，我惊呆了。

因为那是一片长满荒草的空地。城墙根底下有一片L形的破烂房屋，一个是高级中学，一个是初级中学，明明都有两层楼，但是埋没在杂草中，显得特别矮小。房子呢？房子在哪里？父亲说："在藤花殿。"

在很远很远的另一头的城墙根下，有个又脏又小，细

1　德川家康曾作为人质在骏府城生活了十二年。——译者注（本书如无特殊说明，注释均为译者注。）

细长长，貌似房屋的东西。

父亲说："瞧，就是那个，藤花殿。"我停下了脚步。顶着烈日走在如此宽广的地方，我已经热出了一身汗。

我很失望。那天我穿着特别好看的绿色格子连衣裙。母亲没有缝纫机，却模仿缝纫机的针法一针一针缝出来的，让我特别骄傲的连衣裙已经被汗粘在了皮肤上。

当时我终于意识到，我手上提着一个大大的铝制烧水壶。之前坐在火车上，还有头一次走在城里的路上时，我一直都提着这个东西。可是直到那个时候，我才发现自己竟提着一个烧水壶。这让我感到很不可思议。

走近房子，我发现那是一座八户的长屋。

又薄又破的门上贴着黄色油纸，厕所盖在外面。那个地方只有两间屋子，现在回想起来，当时我们六个人是怎么睡下去的呢？

走进房子里，窗边突然有个男孩一边喊叫着一边来回跑动起来。是住在长屋的男孩过来打探情况了。那个男孩留着寸头，额头又黑又亮。

我只有那天受到了一点打击。

第二年春天，那里真的变成了藤花殿。长屋旁边搭着一个我从来没见过的巨大藤树棚，紫色的花海散发出了浓浓的香气。

好几根粗壮的藤条拧在一起，我觉得那应该是家康种下的藤树。我一年到头都跟那个黝黑额头的男孩一起爬到藤树上睡觉，或是在上面打架。外头的草地成了绝佳的游乐场。

现在回想起来，父亲一开始应该也受到了惊吓。或许，当时正是藤树棚上倒垂下来的藤花最盛之时。

我从来没有讨厌过那座脏兮兮的长屋。父亲经常招待六七个客人在狭窄的小房间里喝酒聊天，还让他未成年的学生喝酒，讨论天下大事。穿过另一座桥就是建在护城河边的小学。我是当时家离学校最近的学生。

城的正中央是家康亲手栽下的大橘子树，独自矗立在一片荒原之中。

如今，我已经几十年没去过那里，但是一想起静冈，我仿佛就能看到十一岁的自己提着大大的烧水壶，呆站在荒原中间的模样。

是不是因为烧水壶太大，很难塞进搬家的行李箱呢？还是说，那里面装着一家六口人路上喝的水呢？又或者，是父母把行李发出去之后，想着得留一个壶烧茶喝呢？还有，那个壶为何会在我手上呢？

总在读

我觉得，夏目漱石应该是端坐在矮矮的书台前读书的。

过去，书本应该是十分贵重的东西。父亲是个对什么都很啰唆的人，尤其对书本更是如此，总是提醒我："别踩到书了！"要问我的父亲是否端坐在书台前读书，我只能说，可怜的父亲一直贫穷，还没来得及拥有书房就去世了。他每次都把书摆在餐桌上，抱着双臂读书，慢慢地身体开始弯下去，最后左手托着耳朵继续翻动页面。

我可能天生就喜欢文字。每次上厕所，我都要捧着用报纸做的再生厕纸，奋力蹲在茅坑上细细寻找上面没有被打碎的文字。早在上小学的时候，我就已经这样了。战争结束后，我们家里什么书都没有，只有本红色小书。于是我跳过了所有看不懂的字，只挑看得懂的地方往下看，结果啥都没有看明白。这就好像我小时候还不太会说话，但很喜欢听大人说话一样。就算几乎听不懂大人嘴里冒出的单词，顶多只能明白"就是啊""呀，真的吗"，我还是紧紧跟着大人要听他们说话。如果要问能听懂的话是否觉得有意思，事实也并非如此。桃太郎的故事我实在太懂了，到最后竟觉得有点蠢。因为里面没有谜团。没有谜团的东西都很无聊。

我住在乡下时，放学不得不一个人走五十分钟左右的山路。当时应该是小学四年级吧，我每天放学都拿着从图书馆借来的伟人传一类的书籍边走边看。一天，母亲从钟表店那里借来了吉屋信子的《母亲曲》，那本书特别厚。我一直带在身边，读了好久好久。那本书很有看头，但是也有看不懂的地方。比如接吻这个词。我问母亲："接吻是什么？"母亲顿时变了脸色，压低声音问我："你从哪儿听来的？"后来她发现我还没把《母亲曲》还回去，就把我大骂了一顿。相比我没有还书，她可能更不喜欢小孩子瞎看大人的书吧。我读书的时间全在山路上，那可能就是我严重近视的原因。

后来我们去了中等城市，上到初中之后，我开始乘电车上学。书就全都在电车里读了。我读了漱石，可能什么都没读懂。要么是站着读，要么是坐着读。

世界在成长，我也在成长。上下班途中我也读了不少书。拿到工资后，我第一次自己买了书，当时特别高兴。

结婚生子后，我会背着孩子边做饭边看书。在厕所里当然也要看书。每次上床睡觉都要捧着书读好久。因为我很难入睡，所以每次看到太有意思停不下来的书就很为难。我会一直读到天亮。后来我发现，只要挑选特别艰深晦涩的书，就能因为看不懂而快速入睡。

我从来不挑种类，而且很容易沉迷。比如一拿起山田风太郎的书，就要一直看山田风太郎的作品。司马辽太郎让我很头痛，他肯定写书比我读书还快。关键在于他的书很好看，所以我一直买，一直读不完，真是太麻烦了。虽然不知道自己能活到什么时候，如今也已经是个老人了，那些书还是留作再老一点的乐趣吧。

我读《源氏物语》，发现边读边查解说没有拿现代日语版做参考来得快，于是买了圆地文子版的《源氏物语》。结果还有与谢野晶子版的，我便一并读了。又看到谷崎润一郎的，我也读了。还有田边圣子的，我又读了。没过多久又有了桥本治的，我同样读了。这些全都是在被窝里读的。我觉得自由职业就是为了我而定义。

为何要读这么多书？

因为我什么兴趣爱好都没有，而且非常懒惰，不愿挪动身体，上小学时起只有体育特别不行。打排球的时候，就我一个人呆呆站着，被球砸到了也只知道发呆。打球很痛。而且我还五音不全，古典音乐在我耳中就是噪声。

读了这么多书，我应该是个有学识的人，实际我什么都不懂。我变成了深入思索的哲学家了吗？其实看完哲学我很快就跑去读别的书了。而且这么多的书，我全都躺着读。人们都用什么姿势读书呢？我堂姐民枝喜欢坐在安乐椅里，散发出一股浓浓的读书氛围。

最近我读完的书第二天就忘了，连标题都想不起来。过去的书也全都忘了，成了一个痴呆老人。读书没有一点用处。这让我感到，我这个只喜欢读书的人，人生也没有一点用处。

母亲、父亲

前年夏天，我母亲去世了，享年九十三岁。

在去世之前，她已经痴呆了十多年。

老实说，我和母亲关系并不算好，我从来没有喜欢过母亲。

死人都是好人。

我开始认为，痴呆是连接生与死的桥梁。母亲彻底变了一个人格。我不知道说人格对不对，总之，在母亲痴呆之后，我们一辈子的矛盾得到了和解。

四岁那年，母亲凶狠地拍开了我的手。从那以后，我就对她有了生理性的厌恶，尤其对她的气味感到不快。

当我触碰痴呆母亲的脚时，为自己竟然能够触碰而吃了一惊。我因为对母亲的厌恶自责了好几十年，一股浊气始终凝滞在我的内心深处。如果说触碰生腥是一件很了不起的事，那么平时能在无意识中触碰任何东西，或许是更了不起的事。

我写完《静子》¹这本书，突然筋疲力尽。而且是身心俱疲。

然后，我就得到了幸福。

浊气消失了。这是因为母亲去世，还是因为我步入老年，抑或我的人生实现了自洽？我并不知道。

重读一遍稿子，我发现同样的事讲述了好几遍。可是我没有修正的气力。而且，我也开始回忆父亲。

如果真的存在死后的世界，我真想去问问佐野利一和静子小姐是在什么年纪真正在一起的。很快，我们一家人就要在那个世界团聚，没有一个人留在这个世上。那些细细流淌的子孙血脉，都要变成父亲和母亲不认识的人了。

父亲出生的地方前后都是大山，中间流淌着富士川。

那是个八十几户人家的小山村，堂姐告诉我，那里是武田信玄那一派的败走武士定居之地。

"那不是很了不起吗？"我说。"说是败走的武士，其实只能算给武士提鞋的人的下人，不是什么大人物。"堂姐回答道。我当时还感慨提鞋的人竟然也能有下人，可能实际情况谁都不清楚。

我一直以为父亲是一个村民家十一个子女的老七，档

---

1 佐野洋子以母亲静子为主题的著作。

案上也是这么写的。但是上回唯一还在人世的叔父对我说："你老爹不是老七，而是老九。"可能中间有两三个被疏苗了吧。

我们撤回日本后，在那个村子里住了一段时间。当时我还是小孩，从来没有思考过明天或者未来的事情。

我上的小学在身延线两站路开外，那是个单线，轨道两边都是山崖，开满了山百合。

院子里有很多萤火虫，多得像蚊子一样。

到地里除草，出来就会发现腿上叮着七八条蚂蟥。

母亲最讨厌乡下，也最讨厌乡下人。

所以她很讨厌父亲这边的亲戚，完全不愿意一个个去了解，而是统统归作了乡下人。

我现在长大了，依旧觉得那是个很有意思的村子。村里的人说起话来仿佛在互相扔石头，让人感觉他们全是深泽七郎[1]。

村里有个很老很老的老奶奶，整天靠在石头墙边站着。跟我同龄、当年八岁的堂姐小敦见到她就会说："哎呀，老奶奶，你今天又忘了死吗？"

战争结束后不久，母亲曾哭着对朋友说婆婆欺负她。现在想来，母亲的婆婆可能一直都觉得母亲不是什么好

---

1 深泽七郎（1914—1987），日本小说家，代表作有《楢山节考》。——编者注

人吧。

母亲的婆婆整天在地里干活，从来没休息过。茶歇的时间，伯母专门泡好了茶水在外廊上等她，可她却好像故意一样挑着肥桶来来回回走上好几遍。这算是非常讨人厌了吧。

母亲坐在外廊上，妆容十分完美。我们虽然只在那里待了三四个月，可母亲把婆婆欺负她这件事记了好几十年。母亲真的特别讨厌回父亲的家乡。

我觉得母亲应该是尊重父亲的，但是对母亲来说，父亲是乡下人或许是他最大的缺点。

母亲是个极为平凡的人。不过，父亲可能是那种深处蕴藏着狂气，可谓非凡的人。

母亲虽然是个随处可见的平庸之人，但她的一生被裹挟在日本的命运中，让人感叹活得真是轰轰烈烈。

我想，日本这些随处可见的女性，都经历过同样轰轰烈烈的生活。

我觉得，一旦到了危急时刻，能够发挥超常力量的人，就是平凡的大妈和黑社会。

（可是现在大妈们越来越奇怪了，黑社会也成了股份有限公司，所以我不太肯定。）

我认为，父亲和母亲是一对很好的夫妻，而且，他们也很好地履行了父亲和母亲的职责。

有句话说出来可能会遭到群起攻击：我认为，凡事都讲平等或许有些过分了。

如果在父亲的时代，贫困百姓家包含女性在内共有十一人，于是将那块地分成了十一份，那会如何？

长子是必须继承家业的人，所以在获得权力的同时也会形成觉悟。另外，还需要肩负起身为长子的责任。

至于其他儿子则不得不从小就开始思考今后的立身之道，这样或许也不坏。

女儿注定要离家，所以就算被婆婆和小姑子欺负，也只能流泪忍着，说不定还在切切期盼轮到自己欺负儿媳那天。聪明的婆婆可能不会让别的女性遭受跟自己同样的痛苦。可是无论再怎么聪明，母亲最疼爱的还是自己的孩子，这点直到现在都没有变。

不管怎么说，忍耐就成了理所当然。

忍耐并非坏事。

只要忍耐，一点点辛苦就不会让人情绪失控。

父亲从高等小学校[1]毕业，有一天正在修自己家的屋顶，他那到东京的保险公司去上班的二哥正好回来探亲，便站在家门口对父亲说："你要来吗？"

1　明治维新至二战爆发前的教育机构名，约相当于当今的初中一二年级。——编者注

父亲从屋顶上下来，跟着二哥离开了家。听说当时连一条棉被也没带走。

听说父亲后来去了同一个村子出来的律师家当学徒，具体情况我不清楚。上大学时，父亲好像在二哥家里寄宿，还对我堂姐民枝说，等她长大了要给她买钢琴。直到现在，民枝还在跟我抱怨："利一叔叔到最后都没给我买钢琴。"父亲，骗小孩子可不好啊。

父亲上高等学校时好像住在学校宿舍，但是叔父说不知道学费是谁出的。

而且，听说他上中学还是高等学校的时候得了肺病，回到乡下疗养，整整长高了十一公分。

叔父当时已经在邮局工作。父亲死了好久好久，等我长大以后，他才说自己拿出了一大笔钱给父亲交学费。

叔父说，十一个兄弟姐妹里有好人也有坏人。

长兄是个大坏蛋，大姐不是什么好人，把父亲从乡下带出去的二哥性子也不好。他还说父亲也不是个好人。嫁到不远处的二姐是个菩萨一样的好人。她就是小敦的母亲。小敦的母亲真的很温柔。

小敦的父亲在乡政府上班，听说他时常像现在的学生逃学一样，甚至能在橱柜里猫上一个月。而且他还把正在地里干活的小敦的母亲埋到土里过，我听了大吃一惊。

"骗人的吧。"我对小敦说。

"是真的。""那姑妈怎么样了?""一言不发地去把身子洗了。而且我从来没听她抱怨过。就是有时候,她会一言不发地摸膝盖。我觉得那应该是在忍耐,因为她总是用双手不停地摸膝盖。"

小敦有个双目失明的奶奶,还有个三十五岁就隐居了的爷爷,日子过得特别苦。全村人都知道小敦的母亲很辛苦。

那个三十五岁就隐居的爷爷,在我认识他时已经成了好像中国学者一样的白胡子老爷爷,而且他真的是村子里的头号知识分子。他把小敦家的白色仓库改建成了书房,在里面堆了许多线装书,一天到晚地学习。小敦的作业全都是爷爷给她做的。

小敦一边让爷爷给她写作业,一边把爷爷的白胡子编成麻花辫,还用红毛线系了个蝴蝶结,编好之后哈哈大笑。

小敦家在村子最高处,那里有一棵三百多年的大松树。松树遮住了小敦家的阳光,但是爷爷坚决不让砍。小敦说,她爸爸和爷爷经常站在松树底下吵架,争论到底要不要砍掉松树。

听说小敦家代代都有父亲和儿子不和的传统,她还说家里的大哥跟父亲关系也不好。这就是注定要传承下去的关系,那些父父子子都要站在那棵大松树下吵架。

现在回想起来，小敦跟她那菩萨似的母亲一样善良，而我则是性子顽劣的那种人。由于本性一辈子都不会变，所以人生也会受到本性的影响。

几十年后，小敦又说：

"我真是好头痛啊。大孩子要带我去夏威夷玩儿，结果跟小孩子要带我去香港玩儿的日子是同一天。我该怎么办？"

小敦从来没骂过孩子，她怎么能忍住不骂呢？

"因为他们没做什么挨骂的事呀。"

听说小敦从来没买过家电产品。"有一天突然发现吸尘器变成新的了，其他东西也是不知不觉就变成新的了。"

小敦嫁到了一家牛奶店，这几十年来都是凌晨四点起床干活。

孩子们都把母亲的辛苦记在了心里。

这让我深刻体会到只有动用身体的劳动才叫劳动。

我这种坐在书桌前的劳动让人很难理解，也无法让孩子感恩。

也难怪孩子不会感恩，因为这是可有可无的职业。

虽然我很可怜，穿着西装到公司上班的父亲们也挺可怜。因为孩子们看不到他们的工作。

而我的母亲则非常讨厌双眼可见的劳动。

她讨厌普通百姓，也讨厌豆腐店老板。

虽然父亲一块土地都没有，小敦他们长大的小山村也是他的故乡。

母亲没有故乡。因为她生在东京，而且经常搬家，在非常悲惨的家庭环境中长大成人。我认为，她经历过与农村贫困不同性质的贫困。

因此，我不能责怪母亲变成了一个爱慕虚荣、满口谎言的人。

同时，她也始终放不下自己不服输的心，在左冲右突中度过了挣扎的一生。

母亲脚踏着市井肮脏的水沟盖板，长成了一个摩登女孩。如果不长成摩登女孩，她就不得不背负自身的身世。

她成为摩登女孩，到银座找工作，一头扎进了东大学生集中的地方。于是，母亲就跟父亲结婚了。

母亲的母亲舍弃了四个孩子，跟别的男人远走高飞。那四个孩子里面，有两个是弱智。后来她跟那个男人又生下了四个孩子，其中两个又是智力发育迟缓。

对母亲来说，她的血亲就像恨不得脱下来扔掉的衣服一样吧。

人无法选择出生在哪里。

那是人最大的命运。

天生的本性无法改变，那或许是更大的宿命。

我认为，母亲活得轰轰烈烈。

父亲的故乡与自然融为一体。母亲则是一个没有故乡的人。

母亲对父亲故乡的自然没有任何感慨。我想，日本任何一处乡村都无法给母亲带来美的感觉。

能让母亲感动的乡野，是养育了阿尔卑斯少女海蒂的瑞士山野，是绘画中的景色。

我想，对母亲来说，真实可能是毫无意义的东西。

相比真实，表象更为重要。

或许，那就是支撑母亲活下去的巨大力量源泉。

虽然两夫妻每天都吵架，但母亲从未想过离婚。

因为她明白一个女人根本不可能独自抚养四个孩子，可能也从未考虑过作为父亲的妻子以外的活路。

可是父亲死后，她还是坚强地站起来，把四个孩子全都送进了学校。

不过，我们这几个孩子之所以拼命学习，可能是为了尽快离开母亲。妹妹说："根本没有人能忍受跟妈妈一起生活。"

我真的不明白男人和女人。

我觉得父亲和母亲是一对好夫妻。只是母亲可能不是女人，而是"男人"。

正因为从小看着父亲和母亲，我才想成为更好的妻子，成为更好的母亲。

可是，我已经离婚了两次。

母亲是死别，而我是生离。我觉得，死别比生离更体面。

父亲有故乡，母亲没有故乡。

我也没有故乡，但我幼年时代生活过的地方，成了我的故乡。

中国北京那座四合院的院子，便是我的故乡。

我到父亲的家乡去，那里已经没有认识的人。可是眼前的山峦和富士川仿佛在对我诉说，它们还在延续着父亲的故乡。

别靠近书

　　我上初中的时候，《生活》这类杂志还要直接从美国订阅，当然内容全是英文。

　　早上挤在满员的电车里，我总能看到一个浑身散发着"我与众不同"气息的高中生。过去的高中生特别爱装大人。那位小哥每次都在胳膊底下夹一本《生活》。仅仅如此，大家就会对他另眼相看。而且，那位小哥还会在满员电车里喊喊喳喳地撕掉折成两折的《生活》上的褐色封条。周围的人就会想：哦，那可是从美国寄来的《生活》啊。真厉害。因为是站在电车里撕封条，可能昨天收到杂志时一直忍着没有撕。我至今都忘不掉小哥当时那得意的表情。

　　那种虚荣或许增长了小哥的英语能力。在《生活》之后，他说不定还夹上了法语原版书，甚至德国哲学书。当时还是初中生的我一边觉得好厉害，一边又感觉这样有点过了。

其实，初中时的我也想卖弄虚荣。我觉得纪德、莫泊桑、托尔斯泰这些洋人作家都比漱石和藤村之流高一个档次。

可是，我又读进去了什么呢？我只是对着那些男男女女行苟且之事的描写，把眼睛瞪成铜铃罢了。

唯有那种书里面才能找到苟且之事的信息。

父亲见我几乎把脸埋进了《羊脂球》里，便一把夺过书本骂道："不准看这种书！"他可能多少知道莫泊桑的文字很猥琐吧。第二天，父亲从图书馆借回了世界文学全集第一卷——卢梭的《忏悔录》。

我翻开来读，顿时吃了一惊。因为卢梭一上来就在马车里勾引妙龄夫人。父亲压根儿没看过《忏悔录》。

于是初中时的我，脑子里已经装满了猥琐的东西。

在为了虚荣而读书的过程中，我彻底爱上了阅读。

由于我总在太阳暴晒的路上看书，眼睛越来越不好了。当时只要是铅字，我就来者不拒。

那样的我已经不再是单纯地卖弄虚荣，而是不顾一切、丑陋不堪的少女了。鼻子上架着厚重的眼镜，头发蓬乱，忘掉了水手服的领巾，捧着书本径直撞向电线杆。这个样子，难怪不招人喜欢。

上了高中，我依旧捧着书本在学校走廊上穿行。踩塌了室内鞋的鞋跟，顶着一脸青春痘，更加不招人喜欢。因为不招人喜欢，我就愈发沉迷读书。

现在回想起来，那时读的书没有派上任何用场。因为一个十三岁的女孩子不可能理解《安娜·卡列尼娜》。

我十三岁的朋友自以为是地说，漱石的作品要按照《三四郎》《后来的事》《门》这个顺序阅读，我信以为真，按照她说的顺序读了，然而要被漱石深深打动内心，首先要有一定的人生阅历。

一切都是浪费时间。早知如此，我还不如做个坏女孩，跟男人混在一起。

疯玩疯闹，在大街上晃来晃去，这样的青春多么快乐啊。

然而，那是个不幸的时代，没有任何娱乐。即使想疯玩疯闹，在那个时代也找不到可以玩闹的东西。现在的大人都担心年轻人渐渐远离铅字了，想必是因为世界上多了很多比铅字更有意思的东西。

书籍中的确装满了人类的智慧，但同时也装满了毒药。离不开书本的人，会被那些毒药吸去灵魂。

别靠近书，一旦靠近就会发现里面有许多馋人的东西。你瞧，这下你上瘾了吧？

杂草丛生

这是四十六年前的事情。我当时还是汇集了一群穷人的美术学校的学生。要问有多穷，有的男生甚至会说："喂，听说大衣穿起来很暖和呀？"还有一些男生用细绳充当皮带捆住裤腰。

一年秋天，我们决定去轻井泽旅行。我很兴奋，因为那里有落叶松林、漂亮别墅，还有满大街的外国人。有钱人家的千金会骑着自行车飞驰而过，还有堀辰雄[1]的世界。文学少女纯子同学哼唱着立原道造[2]的诗歌，旁边那个男人把饭团卷在包袱皮里牢牢捆在腰上。好像谁都没有去过轻井泽。

火车开到了轻井泽，我觉得应该没错。可是，车站门

1　堀辰雄（1904—1953），小说家，代表作《起风了》。——编者注
2　立原道造（1914—1939），诗人，师从堀辰雄，代表诗集《萱草》。——编者注

前竟是一片荒草。这里看不到漂亮别墅，也看不到大片松林。我们都惊呆了。一个男同学指着某个方向说：走这边。于是我们纷纷走了起来。荒草越走越深，到最后连路都看不到了。"掉头回去。"男同学又做出了指示。就这样，我们在荒草比人高的奇异空间里徘徊了好几个小时。我不记得当时在哪里吃了便当。如今想起来，当时竟没有一个人抱怨，真是太好笑了。

过了一段时间，有人提出"要不我们回去吧"，所有人都应和道"对啊，回去吧"。

还有一个男同学说："轻井泽真无聊。"

于是，我们就坐火车回去了。

谁来告诉我，四十六年前的车站门前到底是个什么地方？去万平酒店[1]要怎么走？有车吗？去三笠[2]要怎么走？

我们为何会走到一片荒草丛里？难道说，四十六年前的车站门口，有一只狐妖等着我们？

四十年后，我在北轻井泽住了下来。轻井泽在长野县，而北轻井泽属于群马县。我家附近是一片玉米田和卷心菜田，有很多牛，一靠近就能闻到牛的臭味。在轻井泽车站下车后，还要往浅间方向坐四十分钟的车。

1　建于 1894 年，轻井泽首家西式酒店。——编者注
2　似指三笠酒店，建于 1906 年的纯西式木造建筑，轻井泽的著名观光景点之一。——编者注

有人觉得北轻井泽跟轻井泽是一个地方。有一次，我邀请一位很爱打扮、出门很讲究的朋友过来玩儿，结果她好像真的要去轻井泽度假一样，大包小包地上了车。来到我家之后，她只发出了一声："啊——"

　　我马上到附近的农户荒井家去买新鲜蔬菜了。那些菜上还有肥料的气味，朋友掏出手帕掩住了鼻子。

　　她可能跟四十六年前的我们一样，心里描绘着松林里的漂亮别墅、骑自行车的金发少女、教堂，还有皇太子与美智子夫人的网球场吧。后来她对我说："我回去被姐姐笑死了，她说轻井泽跟北轻井泽完全不一样。"

黑色背心

我从抽屉里翻出了一件黑色羊毛背心。每次看到它，我都会想：啊，是它。今年天气暖和得不像话，我觉得衬衫再加件背心就够了，便双手把它摊开。

这件背心已经有五十年历史，是我最旧的衣服。我每年都会感慨，它竟然一点都没有磨损。

我每年都穿它，穿了五十年。

那年我十八岁，他十九岁。我们是同级生。他是个出名的怪人，但也深受同学们的敬重。

但是，我并不知道该把信任的标尺放在什么地方。每次提起那个名字，大家都会发出独特的笑谈。"……真像他""……他啊""真是的……也太让人受不了了"，这些话语中全都憋着笑。

美术学校的设计专业没有一个人像他那样专注而热情，一心执着于成为设计师。每次上评讲课，教室里摆出学生作业，大家都会专门去找他的作品，而且一眼就能找到。因为他有一种非常独特的细致感。

不久之前，他爬上书桌脱掉裤子，露出穿在里面的黑色女士丝袜，使劲扭动腰肢。一点都不好笑，笨蛋。

他还在电车里细致入微地描绘过每个同学的死法，虽然我感到毛骨悚然，却也不得不感叹他对人的观察真是太仔细了。有的同学真的发起脾气来对他怒吼，结果他当场下跪，高声喊道："请原谅，小××（昵称）！"笨蛋。

五十年前，我们都很穷。我整年都穿着同一条裙子，他则用自己的画具在衬衫上作画，然后配上短裤和草帽，脚踏一双木屐。哪怕是五十年前，也只有他一个人还穿木屐。他是家中独子，与母亲相依为命。我家也只有母亲，而且我们都是从中国撤回来的人。当时有好多从那边撤回的人。有人在三月十日的空袭中失去了所有家人，还有人连皮带都没有，只能用一根绳子拴住裤腰。大家都穷真是件好事，因为在学生时代，我从未因为贫穷而痛苦过。

那个怪人到哪儿都跟着我。我走在回家路上，他不知不觉就会跑到旁边来。班上没有一个同学误会我跟他是一对。因为我有个绰号叫次郎长[1]，男同学从不把我当成女人。大家都觉得我们是单纯的好朋友，在那段青春岁月的最盛

1　日本幕末、明治时期的侠客。

时期，没有发生任何与情色有关的事情。

　　刚开始的时候，每次看到他黏过来，我可能说过几句"讨厌，一边儿去"。而且，我越来越觉得自己不适合当设计师。因为我画不出直角，最不擅长美术字。

　　那时候，每年夏天都有一个叫日宣美的公募展。他应该在那个展上得过两次特选。用文学界来比喻，相当于芥川奖。一年夏天，他约我一起应征公募展，于是我们在我那七平米的小宿舍里创作了作品。我用水彩画了一些抽象的花纹，或者说形状。而他则在上面手绘了一片花朵文字。除此之外，他还在自己家里做了自己的作品。尽管如此，早上五点半，等我回过神来，却会发现他把脸靠在我宿舍的窗台上，咻咻地吹着口哨。四年过去，我们依旧黏在一起。我真的不适合当设计师，可他四年来一直在煽动我。他对我说："我为什么那么努力？是因为我没有天赋。"我吃了一惊，他怎么知道自己没有天赋呢？我甚至想都没想过这个问题。

　　他在女子美大有个女朋友，所有人都知道这件事。所以我跟他算是个奇怪的组合。无论我的作品多么平庸，他都会认真仔细地做出评价，我也毫无保留地接受了那些评价。我从未怀疑过他对作品的诚意和真心。

　　我跟什么人都能做朋友，但我的男性朋友们似乎都不认为我能独立完成工作。他们好像只把我当成一个把颜料涂出界的没用的人，甚至不把我当成一个女人。可是，我的每一天都非常快乐。现在回想起来，那依旧是个精彩的学生时代。我一直无法理解他的人格，直到今日依旧如此。或许，没有一个人能真正理解他。

一天，他对我说："我给你个好东西。这是我从老妈那里偷来的。"然后从袋子里掏出了褐色与黑色相间的格子连衣裙，还有一件黑色背心，塞到我手上。

"我不要，你这样会被阿姨骂的。""没关系，她早就忘了有这些东西。"

我到他家去玩儿时，见过一次那位身材姣好、相貌美丽又知性的母亲。背心和连衣裙的尺码正好适合我，于是我就收下了，还马上穿着去了学校。

毕业后，他进入了日本设计中心这家超一流大公司。

尽管如此，他还是一个奇怪的人。那家公司的社长名叫原弘，是个遥不可及的大设计师。听说有一天早上社长去上班，走进社长室，竟看到他从窗户探头进来说了一句"早上好"。社长室位于大楼六层，他专门把自己悬在外墙上制造了那一幕。毕业之后，我们就再没见过面。在我快结婚的时候，我们碰到过一次，他把手上的浪琴表摘下来送给了我。那是四十六年前的事情了。我不知道他现在怎么样了，因为我们那个班从来不搞聚会。

我不知道自己在他眼中算是什么人。至少可以说，我

51

从未对他有过爱慕之情。可是纵观我的学生时代，从未有过像他那样关系亲密的男性朋友。而且这五十年来，我每年都要穿这件黑色背心。每次翻到背心，我都会下意识地将它握紧，或是放开，然后发出不知是感慨抑或叹息的声音。

他在我心中，始终是那个头戴草帽，穿着短裤，脚踩木屐的青年。

长条面包与"麦考尔"

十九岁那年，我住在一座很大的女生宿舍里。我当时的房间又细又长，角落里是一张榻榻米大小的固定床，再放上一张书桌，人就只能勉强通过了。房间四面是白墙，平时照不到阳光。玛丽的房间有一半在地下，窗子挨着天花板，只能看到外面路人的脚。

女生宿舍的门禁是九点钟，所以晚上经常有人把双腿和屁股塞进那个扁平的窗口，而玛丽则不得不在里面用肩膀给她们落脚。一些高大丰满的朋友的屁股怎么都塞不进去，外头站岗的巡警看到了，还会过来帮忙推屁股。晚上挑着担子卖荞麦面的人经过，朋友们就会踩在玛丽肩上接过面碗飞快地吸溜，而荞麦摊主则在窗边吹着笛子等，我们只能看到那位大叔的双脚。

我们只在特别宽裕的时候吃得起流动荞麦面[1]。平时要

---

1 晚间叫卖荞麦面的流动摊贩。——编者注

是半夜肚子饿了，我和玛丽就会蹑手蹑脚地摸进厨房偷吃涂满了赤红色海苔酱的长条面包，然后跑到我床上一躺，感觉自己成了冉·阿让。在躺着能看到的地方，我贴了不少从美国《麦考尔》杂志上撕下来的美食照片。除此之外，我的房间没有任何装饰品，连一朵花都没有。

有一张照片上是一块肥嫩的烤牛肉，银色餐刀上映出了诱人的粉红肉色，仿佛下一秒就要切进肉里。还有倾斜的罐头里将落未落的黄桃、一大片犹如花园般繁盛的单片三明治。我们眺望着那些照片，大口吃着偷来的长条面包。就算一点吃的都没有，我也会忍不住凝视那些美味的照片。

房间里没有暖气，我就把电暖炉塞进被窝里，掀开被窝一看，里面亮得炫目。玛丽把熨斗塞进了被窝里，结果裤子上留下了一个熨斗形的大洞。我们躺在那张床上翻看旧书店买来的《麦考尔》。那一期是卧室的室内装潢特辑，布满粉红色花朵的床单和成对的巨大枕套让我们都吃了一惊。还有一个房间里贴着紫色壁纸，紫色床罩上还装饰着绿色抱枕，看得我们惊叹不已。

那都是我们绝对触碰不到，也不可能触碰的世界。

时间像梦一般流逝，我们如今都能看到比《麦考尔》还美的日本杂志了。

那已经不再是梦，只要稍微努力，或许就能得到奶咖和牛角包的早餐、朝阳下的满天星、白木桌上的白麻桌布，还有银汤匙了。美丽的室内装潢，富有品味的餐具，这些都是女人的讲究。我喜欢看那种杂志，但也对那些美丽的照片感到迷茫，因为它们如此美丽，竟让我感到羞耻，不知何处容身。白木餐桌和绣花桌旗让人好害羞，配一套粉红色花纹的床单和枕套我实在下不了手。尽管如此，当我在外面碰到自己无法抵抗的美丽物品，并忍不住买到手中，心里还是会高兴得唱起歌来。"我——不想知道——你的过去——"[1]，随后，我就会感觉自己假装成处女，欺骗了一个男人。

把那美丽的物品拿回家中，我会刻意将它安放到不起眼的地方，伪装出随意感，尽量避免变得像杂志插图一样。因为《麦考尔》是遥不可及的梦幻，梦幻不会让我感到害羞，但是如今这些日本杂志上的插图，其美丽和奢侈远远超过了当时的《麦考尔》，让我坐立不安。

我久违地拜访了玛丽家，玛丽在白木餐桌上铺了苔绿色的桌布，请我吃了葡萄酒炖鸡肉，还为我点了许多漂亮的杯装蜡烛。

可是，玛丽仿佛也有点害羞，有点瑟缩，我不禁想起了一边眺望《麦考尔》一边吃长条面包的情景，顿时感到罪孽深重。尽管如此，一人拿一个长条面包，手牵手悄悄溜过昏暗走廊的友情，至今仍留存在我们眼中。

1　出自日本歌手菅原洋一的名曲《不想知道》。——编者注

市井的孩子

我上学时寄宿在姑妈家，那是个有许多寺庙的小镇××。镇上有一座奇迹般逃过空袭的密集二层小楼，姑妈家就在其中。弯弯曲曲的土路上铺着石板，一到下雨天，泥泞的积水就会从石板缝里漫出来。不知为何，附近有一堵红砖高墙，当时还年轻的根上淳[1]在那里拍摄过穿着和服撑伞的照片。

砖墙前方有一排好似江户时代浪人住的长屋，还有人在那里拍摄过古装电影。长屋里住着一位特别爱干净的阿姨，听说她在院子里开了两根水管，其中一根专门用来洗内裤。有时在澡堂里偶遇那位阿姨，姑妈就会用手肘戳我几下，悄悄说："你瞧，她搓得皮都红了。你再看她脚，黑漆漆的。那是因为她嫌洗脚会脏了手，所以从来不洗。"

1　根上淳（1923—2005），影视演员，代表作《杰克奥特曼》。——编者注

姑妈家在小路尽头，表弟正在上小学二年级，左邻右舍各有一个跟表弟同级的同学。表弟叫太郎（真名），右舍的同学叫次郎（真名），左邻是个叫秀夫（假名）的孩子。太郎是个性格外表都跟年龄相符的孩子，次郎则是留着短寸、身材高大的孩子王。秀夫留着少爷头，刘海始终都是齐刷刷的，而且干净整洁，传闻是个学习很好的孩子。次郎很爱闯祸，太郎经常滚一身泥巴哭着回来。三个小孩总在一起玩儿。

次郎好像从来都不学习，太郎则要姑妈打屁股才学习，时刻都想钻空子往外跑。

秀夫每天都一定会主动学习，所以姑妈经常拿秀夫跟太郎比较，每次比较完了，还一定会说："不过那个心眼坏透的母亲怎么就培养了这么优秀的孩子呢。我也算是见过世面的人了，从没遇到过眼神像她那样邪恶的人。她肯定觉得自己最了不起。"

一天，太郎掉进了很大的贮水罐里。当时四周都是大块的空地。太郎当然不会游泳，据说那次他以为自己真的要死了。

而且，次郎和秀夫看见太郎落水的瞬间，就一哄而散了。

后来次郎拿着一根长树枝跑了回来，朝太郎伸过去，救了他一命。

我和姑妈都没有看到当时的场景，不过姑妈说，次郎是太郎一辈子的救命恩人。

　　我问："秀夫呢？"太郎说："他真的跑回家去了。"

　　我当时想："哼，那种人肯定长不成正经大人，次郎才是男人中的男人。"后来，漫长的岁月一眨眼过去，长屋和姑妈家都不复存在，听说变成了能让消防车开进去的宽敞道路。

　　几十年后，我正要在某个大出版社的合同上签字，不经意间瞥到了社长的名字。跟秀夫同名同姓。我知道世界上有很多同名同姓的人，就假装随意地问了一句社长是哪里人。编辑说："听说老家在××那边。"姑妈家还在的时候，我到那里去玩儿，碰到过长大成人的秀夫。他成了一个西装革履，个子虽小却举止干练的冷漠白领人士。每次看到他，我都忍不住在心里喊："懦夫。"那时我正好在出版相关的公司工作。绝对没错，跟我签工作的公司，社长就是秀夫，是那个丢下太郎逃走的懦夫。

　　听说，次郎现在活得就像寅次郎[1]一样。

1　日本最长寿的喜剧电影系列《寅次郎的故事》的主人公，生性善良、乐观。——编者注

完全昭和

美空云雀出生在昭和十二年（1937），我则出生在十三年，我和她生活在同样的时代，美空云雀则完全是生在昭和、死在昭和的人。美空云雀去世时，我才觉得昭和时代已经结束了。虽说昭和这个时代在昭和天皇去世后即已终结，可是在我心里，美空云雀才是最贴近我的昭和。[1] 昭和结束时，我认为自己的人生也基本结束了，平成只是一声残响。

我就是没有才华的美空云雀。

美空云雀从小就能支撑一家的生活，二十岁时已经是个大富翁。我二十岁时是个穷人。穷并没有什么不好。我想着只要毕业后能拿到工资得以生存下去就行了，心里很是期待。后来虽然拿到工资了，但并不算多。反倒是再也

1　美空云雀去世于1989年6月24日，昭和天皇去世于同年1月7日。——编者注

不用从单亲的家长那里要钱这个事实，让我体会到了无与伦比的解放感与自由。

我入职的地方，是日本桥一家百货公司的宣传部。

在店门口向左走就是银座。离办公室不远的地方还有一座百货公司，我朋友在那里的宣传部工作。

我的工作很闲，所以经常跑到隔壁百货公司的宣传部去。去到那里一看，好像也挺闲的，设计师们都在用电话簿打赌玩儿。不过真正忙起来的时候，设计室会变得像战场一样。

我的月薪是一万三千日元，房租是八千日元，所以还是很穷。我跟朋友玩儿了一会儿，又走了出来，还是很闲，就在大街上闲逛，结果碰到了比我年长一点的堂姐。堂姐在丸之内一家很大的保险公司工作。

"你给我过来。"她把我带到了丸善。我也经常到丸善去闲逛，但是只看书，所以根本不知道那里还有卖衣服的地方。堂姐给我买了一件让人眼前一亮的翠绿色毛衣和开襟衫。我以为我在做梦。

几十年后，堂姐对我说："因为那天我看到一个寒碜的女孩子走了过来，凑近一瞧竟然是洋子，觉得实在是太可怜了呀。"

那件颜色鲜艳的毛衣应该是进口货。我当时并不觉得自己很可怜，不过现在回忆起来，真的好可怜。好可怜啊……

堂姐的大方和关爱让我险些落下泪来。那套衣服后来一直都是我的外出服。

那年冬天,我做了件大衣。

因为我没有大衣,一直都在穿一件历史悠久的粗呢外套。于是我狠狠心,做了一件像火一样鲜红的大衣。做帽子设计的朋友用剩下的布头布尾给我做了顶帽子。那是一顶尖帽子,就像鲜红的灯笼草一样。

全身大红,我很得意。

然后我又碰到了堂姐。

"当时我都惊呆了,没想到竟然有人穿得好像着火一样。满大街就你最显眼,结果凑近一看,怎么又是洋子,真是吓到我了。"

堂姐说,她感觉我突然从小乞丐变成了摩登女郎,完全没有中间阶段。

我们应该是伴随着日本经济成长走来的一代人。在那个时代里,美空云雀一直在歌唱。

那时候,在学校只知道穿一件脏兮兮的毛衣,后来在隔壁百货大楼工作的朋友,工作后就换上了笔挺的西装。那真是一套全身上下都特别修身的西装,而那个时代的摩登就被定义为这样。他的领带也很细。我感觉那个人也没有中间阶段。

我跟美空云雀在同一天结婚，也生了孩子。我怀孕那年流行迷你裙，所以我的孕妇装便是就差没把屁股露出来的迷你裙。我工作的百货公司倒闭了，于是我开始做自由职业。这话说得好听，其实就是在五公分乘三公分的纸片上画一些插画。孩子出生的前一天我也在工作。当时我从公寓搬到了住宅小区，并且在两三年前买了车。那是斯巴鲁360的最初版。这些物质纷纷比我的意识先行了。如果回到十年前，我们这一代人可能谁都没想到自己将来会买车。当时日本的经济成长就是如此迅猛，以至于人们有些追赶不及。

　　美空云雀一直在歌唱，用心在歌唱。孩子四五岁时，我靠创作绘本得以勉强维生。美空云雀与流行毫不相关，穿着夸张鲜艳的绫罗绸缎为全日本人歌唱。

　　我一直忙忙碌碌，穿着现在不敢想象的大喇叭裤，还有尖头鞋。

　　我离了婚，结了婚又离了婚，孩子学坏了，盖房子时被人骗了，但从未遇到过明天无米下炊的困境。面对物资的日益丰富，我心中并没有庆幸，而是觉得理所当然。这就是暴发户没有暴发户的自觉。我好像对泡沫经济也觉得理所当然。

　　然后，美空云雀就在东京巨蛋举行了告别演唱会。我虽然不是美空云雀的忠实拥趸，考虑到这是云雀最后的演出，我还是想办法弄到了一张票。美空云雀是个很厉害的人。那个人丝毫没有自我，全身都是天才云雀的精华。从我懂事时听到的《东京KID》到《川流不息》，每首歌都让我深深感受到自己与这个时代共同走来。

然后，云雀就拖着鲜红如火的裙摆离开了。不久之后，她就死了。她死去时，我感觉昭和也完完全全死去了。

云雀没有余生，我则在我的余生中感慨着凡人的可贵。有时我会想起云雀在巨蛋舞台上那身鲜红的长裙，然后想起我那件同样鲜红如火的大衣，让那毫不相似的两者同时成为昭和的旧日回忆。

黑色的心

Schwarzes Herz

我父亲管外国人叫"毛唐"[1]，麦克阿瑟是毛唐，贝多芬也是毛唐。

有一回我问父亲："人们何时发现了日本？"父亲恶狠狠地说："日本不用被发现，一直在这里。你这是毛唐才会说的话。"

我的父亲在学校教的是西洋史。

我寄宿家庭的老太太七十岁了。有一个星期天，她上午泡了澡。我有事到客厅一看，发现她赤条条地躺在磨损得分不清是褐色还是红色的天鹅绒沙发上，正往身上抹白色粉末。我吓了一跳，正要关门，她却对我招招手，更起

1　日本人对外国人的差别用语。——编者注

64

劲地拍起了粉末，若无其事地对我说起话来。

比起跟浑身赤裸的人说话，我更惊讶于这个外国老太太都七十岁了还这么爱往身上抹粉。老太太全身粉红，特别色气。

早饭，我们一人吃了一个鸡蛋，还搭配了红茶和各种香肠。

我们用蹩脚的英语聊天，每次在什么地方卡住，老太太就会翻开我的德日词典用手比画，我则翻开日德词典推到老太太面前。然后我们会频频点头，口口称"Yeah"，继续交谈。

早饭结束后，老太太会整天阅读从租书店租来的侦探小说，我则时而上学，时而不上学。

老太太的孙女和儿媳住在隔壁，我跟那个孙女安杰莉卡是好朋友。安杰莉卡在大学学习日本文学，总会说出我听都没听过的正规日语，还特别喜欢日语里的敬语，经常对我敬若贵宾，然后伤心地摇着头说："您的话语为何如此粗鄙？"害我特别惭愧。安杰莉卡常用银铃般的声音对我低语："奶奶太不爱干净了，厨房有好多肮脏的虫子，她从来都不打扫。"还对我下命令："奶奶是个坏人。她很小气，又很贪婪，你不能跟她做朋友。"她还说："奶奶是个骗子，她对远方的朋友说谎，骗他们汇钱过来。"

我不知道安杰莉卡的母亲与奶奶之间有着一段什么样

的漫长历史，但我认为，其中一定有足够的理由让安杰莉卡如此热衷于对我说这些。同时我也想，安杰莉卡应该不会说谎。因为我吃早餐的时候，确实看到过老太太拆开信封，从里面哗啦啦掉钱出来。不过，老太太一次都没说过安杰莉卡的坏话。

一天，老太太一边给我房间的暖炉加炭，一边哼唱"Schwarzes Herz, Schwarzes Herz"。

我问她："你在唱什么？"她把手放在胸口说："Schwarzes Herz。"然后又把手放我胸口说，"Schwarzes Herz。"最后抛了个媚眼。

我知道"Schwarzes"是黑色，"Herz"是心。

于是，我吓了一跳。

老太太又哼着"Schwarzes Herz, Schwarzes Herz"走向了厨房。我拿着字典追过去，她也指了"黑色"和"心"给我看。

我问她黑色的心是不是坏心，老太太摇摇头说，谁要是拥有黑色的心，就能一眼看出别人是否有黑色的心，我和你都有黑色的心。

我又问："安杰莉卡有黑色的心吗？"老太太摊开双手耸耸肩，没有说话。

我知道了。我早就知道了。老太太跟我是同类。

比起跟安杰莉卡聊天，我更喜欢跟老太太待在一起。

安杰莉卡虽然说了老太太的坏话，也没有黑色的心。而我听到自己有个黑色的心，内心竟无比赞同。

那时，我想起了已经去世的父亲。

他恶狠狠地说："日本不用被发现，一直在这里。"同时又教授西洋史，所以父亲也拥有黑色的心。我看着那双如同玻璃球一样通透，周围有一圈金色睫毛的眼睛，心里想："这个人是毛唐啊。"

我目不转睛地凝视着毛唐老太太，与她分享着黑色的心。从父亲那里继承而来的，黑色的心。

与我无关的……房子

我的父亲到死都没有拥有过自己的房子。

他一辈子都在租房，要么就住在宿舍里，而且经常搬家。

再加上家贫子女多、左翼思想中毒，他实际没什么私财，也不想积蓄私财。在日本进入经济高速成长期之前，他就离开了人世，可就算他能活到那个时候，也不一定能买上房子。我们这些孩子都是父亲的命运共同体，所以我从小就缺乏特别有感情的房子。直到现在，我都对房子产生不了特别浓厚的感情。

我十八岁来到东京，为了尽量节省房租而不断搬家，还被朋友说：你总这么搬家对找工作不好，将来也嫁不出去。

我二十三岁结的婚，对象是从小到大一次家都没有搬过的人。他家的茶柜与筷子盒二十三年没挪过地方，而他还是不知道筷子放在哪里，是个什么都不过脑子的人。我当时已经搬了二十几次家，得知筷子竟然可以二十三年一直放在同一个地方，简直大吃一惊。

结婚后，我从二层砂浆出租房的六叠间搬到爱情旅馆门口、带浴室的公团[1]公寓，顿时觉得自己来到了天堂。我在公团公寓的榻榻米上高兴地打滚，一大早就去泡澡，泡完澡又出来打滚，打完滚又进去泡澡。

那段时间便是那场婚姻的幸福巅峰。有了那场婚姻，便有了这场婚姻。

这场婚姻的对象是个有很多房子的人。

杉并那块地盖了三座房子，这场婚姻的对象的父亲去世后，全都让这场婚姻的对象——家中独子——继承了。我这个长年贫穷的人不禁坐立不安，一直都无法把那些房子当成自己的家。就像穿着过大的鞋子啪嗒啪嗒地走路一样。再加上这场婚姻时我已经上了年纪，而且竟然是对象的第三任妻子，就更加难以适应，一有点什么事就想舍弃这座大房子逃回自己的小房子去。再强调一遍，无论过了多少年，我还是没法把它当成自己的家。

我想，我一定会在这座我无法当成自己家的房子某处

1　昭和 30 年代到 40 年代，在日本城市近郊区域开发的优质住宅，主要租户为日本的工薪阶层家庭。——编者注

死去吧。

这场婚姻的对象还有别墅。别墅？我这个底层人士就算被领到那里去，也会不屑一顾地坚持外人的态度，对有别墅一族恶语相向。

听说，这场婚姻的对象还待在母亲大人肚子里时，就在落叶松林里消暑了。

提到故乡，对象似乎更执着于北轻井泽。北轻井泽那块地也盖了三座房子，其中一座已经荒废了将近二十年。听说是昭和三年建的，少爷的年幼时光和思春期都在那里度过夏天。

我看过照片，青丝飘飘的美少年坐在露台的藤椅上读书，简直就像堀辰雄笔下的上层世界。

我站在烂穿了地板的破房子里大喊："老公，我要把这里修好。""钱？总会有办法的。"两手空空的穷人就是这么无所畏惧。"要是这里变回原样了，你会高兴吗？""高兴。""有多高兴？""这——么高兴。""交给我吧。"

我给施工店的老板打了电话。施工店的山本先生来到破房子里拍拍柱子、摸摸墙壁，热心地告诉我："这房子不用拆，不拆更好。""可是我要修复如旧，真的能全部如旧吗？""能。"

尽管如此，我还是在厨房和浴室添加了现代化的设施。

然后，山本先生就特别仔细地帮我做了修复工程。修好的房子格外可爱，让我另眼相看。它古典又质朴，完全不像现在那些人盖的别墅。

房子里没有中庭，也没有粗柱子。只有白色灰泥与焦茶色柱子支撑的小巧房间。实在无法修复的地方成了细细的裂纹，任凭风吹进来。大门有点变形，带花纹的窗玻璃也早已买不到，但最关键的是，这场婚姻对象的少年时代被复原了。

他在这座房子里度过了多么多愁善感而幸福的时光，我无从知晓。

从外表看，那座房子就像上了年纪的老太太精心打扮一番，变得有模有样。

可是，这座房子有着与我无关的过去。

可是，这场婚姻的对象十分高兴。

可是，经历过那场婚姻的妻子自然带上了麻烦的拖油瓶，那个拖油瓶才刚刚形成，就大摇大摆地闯进了我夫婿的圣域。

我又送给他一个小小的工作间。

那个工作间四四方方，模仿了作曲家马勒的房间。

我已经俨然垂死挣扎的职业摔跤手。那个房间也请来了山本先生帮忙。

我只对北轻井泽的这座房子产生了家的热情。

小小的工作间就像旧时的小学教室，丈夫在里面闭着眼，倾听莫扎特的曲子。

有时还咔嗒咔嗒地敲敲打字机。

还说一年里有半年想待在里面。

我们时常住在里面，还四处搜罗物品带回那里，可我这个人就是坏，始终不能把那里当成自己的家。

我还想试试这样。

头戴破烂的三度笠，敞开着脏兮兮的条纹斗篷，吐出嘴里叼的草叶，留下一句"与我无关"便转身走开。丈夫的孙女则追着我的背影喊道："Come back，奶奶!"

老师与师父

不知是因为目无尊长还是性子顽劣，我打从上小学就特别讨厌老师，老师也都不喜欢我。你可别小看了孩子，孩子会像天启一样甄别同伴的资质。老师都喜欢好孩子，而其他孩子则很讨厌招老师喜欢的好孩子。我这辈子都没有能称得上恩师的人，这应该源于我自身的缺陷。

大概二十多年前吧，我正处于脑子一团糨糊，顶着一张青紫色的脸，整天只想无所事事的时期。当时一位认识了三十多年的太太就住在附近，硬是把我拉起来叫我振作，还说："来搞谣曲吧，用丹田发声对身体好哦。"然后开始每周一次步行走到我家来上课，特别准时。不过我当时并不知道谣曲是能[1]的剧本，也一点劲头都没有。老师只对我说：你什么都用不着知道，只要学我做就好，不需

1　指日本独有的一种古典歌舞剧，表演者常佩戴面具进行演出。

要讲什么道理（那位太太当时成了老师）。我最开始学了《桥弁庆》。虽然我很喜欢《平家物语》，但是什么都不懂，只能发出诡异的声音模仿老师。

"声音要从丹田发出来。"

我每次发声，老师都要这样说。我一点劲头都没有，甚至在老师拼命演示的时候打过瞌睡，而她可能也发现了。有一次，老师对我说："你很直率，没有奇怪的习惯。"

我很直率？老师用胜过我百倍的热忱和诚恳，非常认真地给我上课。直到一年后，我才发现剧本弯弯曲曲的文字旁边的符号原来是乐谱。等我发现这点后，学起来就轻松了。老师对我说："你的声音很有力量。这是与生俱来的天赋，所以你要用力从丹田发声，就算发不好也无所谓。"

我的嗓门很大，经常被人提醒"别这么大声也能听见"。有一回，我正呆呆地听年轻人唱歌，突然有人叫我也唱，我就借口说自己五音不全。后来推来推去，我还是唱了一句，结果旁边的女孩子一下蹦出一米远，还说："吓我一跳。"因为我突然发出了特别大的声音。尽管如此，我还是一边被说着："妈呀，不要用丹田发声啊！"一边合着伴奏继续唱起来了。哼，刚才我只是在用口腔发声罢了。

老师专程到我家来上课的奢侈练习一共持续了多久呢？我渐渐入门之后，才发现能其实挺戏剧化的。连天皇都会盲目地舍弃自己的孩子，或是母亲苦苦寻找被人拐走的孩子最后终于相见。可是对方并没有像电视剧那样高喊："啊，妈妈！"那种微妙的悲伤和欣喜还挺有味道。

……一天，老师对我说："你没养成什么坏习惯，不如到我老师那里去吧。"于是，我就被带到了老师的老师那里。

那位大老师的公寓房间里搭了能舞台。我一碰面就知道对方很不简单。大老师果真很不简单，其气魄和热情真乃世间少有。我们把缠着扇形皮面的棍子拿在手上，老师把小桌一拍，喝一声"不对"，所有人都要颤抖起来。啪!! 练习场地上可称作松散的空气恐怕连一个乒乓球大小都没有。来指导我的师父是极其无私的人，正因为无私，才能有那样的热情和气魄。我很高兴自己能够如此敬重一个人。

但是，师父对我很温柔。我对师父说："请您也那样责骂我。"师父笑着说："你还没有到那个地步。"每次我去练习都会想，我跟师父的关系也就如此了。

中间经历过手术和复发，导致我不得不时常错过练习，于是我决心，在自己死之前无论如何都要登上一次能的舞台。我把这个决心对师父说了，师父用高大柔软的身体抱着我说："太好了，太好了。"我遇到了能够从心里尊敬和爱戴的老师和师父，真想感谢佛祖老天。我的运气太好了。你问我师父是男是女？师父已经超越了那个范畴。

师父会给我选哪首曲子呢？生为日本人，真是太好了。

说不定就在附近……

虽说家里孩子多，但我觉得母亲还是属于那种擅长收拾屋子的人。她经常骄傲地说："我们家干净得好像没孩子一样。"我虽然是母亲亲生的，却总被父亲怒骂："别给我啥都往里整!!"到东京来寄宿在姑妈家时，我每天放学回来，神经质的姑父就会跟在我屁股后面，吊着眼角收拾我扔下的东西。

母亲七十七岁那年，我带她到欧洲去旅行。她是个特别爱玩儿、哪里都想去的人，所以特别高兴。虽然很高兴，却坚决不对我这个出资人说声"谢谢"。她从没对我说过"谢谢"和"对不起"。

我出门旅行都是尽量从简，只带旧内衣，用了就扔，书也是读多少撕多少，所有衣服都不叠，一股脑儿塞进运动包里。可是母亲却要往巨大的旅行箱里放进二十公斤的行李，还要把首饰专门放在小袋子里，也不忘了带上晚餐用的连衣裙和鞋子。

那次旅行我们是乘坐巴士沿着浪漫大道从法兰克福一路前往瑞士，然后再到巴黎。每次巴士停站，母亲都会用小本子记下那座城市的名称。

旅行中途，我发现母亲有点奇怪。

就在我们即将从酒店出发时，她突然叫巴士停了下来，嚷嚷着"我找不到化妆包"，还请司机将存放在巴士行李舱的大箱子拖了出来。原来她把化妆包放在旅行箱里了。

化妆就是母亲的命，那她为何会把如此重要的东西放错了地方呢？她平时都把化妆包放在手提袋里，这次为何会放到行李箱去了？话说回来，她为何要反反复复确定城市的名称呢？

半年后，母亲的健忘开始往病态发展。五年后，母亲开始在衣箱里找到本来应该在三面镜梳妆台抽屉里的化妆品，或是在小口袋里翻出一块包在纸巾里的饼干，或是一把拔掉了八根眉毛，甚至还从上衣里翻出了两卷厕纸。

家中所有抽屉里都出现了乱七八糟、全无关系的东西（啊，母亲的脑子也像抽屉一样，变得乱七八糟了）。

相比前言不搭后语的对话，母亲的抽屉更能让我感到自己仿佛拉开了她的大脑。每次看到那个光景，我都会心中一紧。

一天，抽屉里传来口红滚动的声音。我发现里面有支用完的口红（母亲已经完全没有脑子，变得好像用完的口红一样了）。

九十那年，母亲无法自己站起来了。

对母亲来说，我变成了"某个人"。有时会出现一个瞬间，"某个人"会变成母亲的孩子。我一说"我是洋子"，母亲就会猛地瞪大眼睛，说一句"那是个好孩子"，然后飘飘然远离现实。

"洋子是个美人吗？"（肯定是个漂亮的好孩子吧。）

"是啊，她应该算是美人吧。"（直率得令人毛骨悚然呀。）

我大声笑了起来，母亲也笑了。

"道子呢？"我提到了母亲最喜欢的妹妹。"那是个自以为是的孩子。"（这是上帝之声吗？）我说："妈妈生了好多孩子呢。"母亲嫌麻烦地说："不对，我没有生过孩子。"

总有一天，我也会死吧。我对患癌死和车祸死都没有意见，唯独不希望痴呆死。可是，人可以选择生存之路，却无法选择死亡之路。母亲也没有选择自己的痴呆。

现在，母亲口中的"谢谢"和"对不起"如同洪水一般泛滥。（原来你一辈子都在储存这两句话，打算在这辈子过完之前全部用掉啊。）

我与母亲躺在床上。"唉，好累呀。妈妈累了吧？我也累了。不如我们一起上天堂，好吗？你说，天堂究竟在哪里呢？"

母亲说："哦？说不定就在附近呢。"

美 人

　　不知该说可喜还是可疑，无论什么样的母亲，好像总有一段时间在孩子眼中是个美人。母亲出生在大正三年（1914），年轻时经历了摩登男女涌现的时代，也成了一个摩登女孩。在大家都穿和服的时代，母亲因为调皮又想引人注意，打扮得格外与众不同。我刚懂事时看过母亲留下的摩登照片，她戴着蕾丝手套，披着大波浪的头发，斜戴着一顶大帽子，身穿大裙摆摇曳的连衣裙，脚踩配套的高跟鞋，绢丝袜子发出幽幽的光。在清凉裙[1]发明出来之前，她就穿起了一身洋气十足的装束，看上去有一丝年轻小姑娘独有的肉感。我定定地看着照片里的母亲，心里甚至产生了类似憧憬的情绪。那张照片像是在照相馆拍的，

1　以板型宽松的设计为特征，主要流行于 20 世纪 20 年代至 30 年代的日本。当时东京四十年一遇的酷暑成为这种衣服流行的原因之一，在当时仍有许多女性将和服作为日常穿着，所以清凉裙的推出也被认为是促进服装西化的举措之一。

既然专程去照相馆，应该是有特别的纪念意义。然后，我在照片里又发现了比母亲更美丽的人。

有的是二人合影，有的是单人写真。

注意到那个人的照片后，我开始认真打量现实中的母亲，就这样，我认为母亲很美的短暂时光结束了。

战后，我们回到了日本。母亲应该很想回东京，但当时也不知道她父亲和兄弟姐妹的死活，只好先在父亲的家乡落了脚。父亲后来去了一趟东京，并带回了消息："他们还活着，房子也还在。良子嫁人了，生了两个孩子。"因为那座房子位于大空袭正中央的市井，所以堪称奇迹。

当时全日本的人都这样，拥挤混乱，生死不明。

广播节目还设置了"寻人"的专栏。

我感觉那时的广播节目一天到晚都在寻人。"什么时候住在哪个町的某某人，或是知道其行踪的人，请联系某县某处的某某人。"节目中反复播报着住址。

母亲在"寻人"栏目中寻找过那个美丽的人。在我这个小孩子心中，母亲十分勇敢。

然后，那个人就来信了。这可能也是个奇迹吧。我意识到，那个人是母亲最珍重的女伴。在女校，她们好像被称作"S"。当时学校里好像充斥着"S"关系，应该不是指同性之爱，而是特别的挚友吧。

美人的丈夫去世了。我只是在旁边听到母亲和父亲的交谈，所以得到的消息也十分零碎。不知她丈夫是病死还是战死，总之她成了未亡人。

美人有两个孩子，自己在外面工作。她原本好像是体面人家的千金，结婚对象也门当户对。

因为战争产出了大量未亡人，所以并不稀奇。

我稚嫩的心似乎对母亲的挚友同时抱有同情和优越感。

"那个人去跑保险业务啊……"

母亲后来应该跟她见过几次，也时常通信。

我们在贫穷中忙乱地生活着，母亲也突然成了未亡人。葬礼尚未完全结束时，那个美人赶到我们家来了。那真是个美人。她身材高挑，穿着一身讲究的西式服装，脚踩一双造型美观的高跟鞋。而她带有的知性气息和高贵气质让我尤为吃惊。时至今日，这种风风火火的职业女性已经不罕见了，但是当时，我仿佛看到了圣光。

美人对母亲说："你到东京来吧，我把工作资源都分给你。虽然是跑保险业务，但我对接的都是大公司，不需要挨家挨户敲门。一开始你可以跟着我学习怎么工作，我现在一个人养活了母亲和两个孩子，在经济方面一点都不输给男人。你能行的，把孩子都供到上大学吧。"

我到现在还认为，她是母亲真正的朋友。因为一旦成为未亡人，第二天就要为金钱苦恼。她的亲身经历让她知道了温柔的话语和同情起不到任何作用。那个人一点都不浮躁，而是诚恳真挚，让人感觉到了她是真心要与母亲此生共扶持。她这样做当然会给自己平添极大的责任，但她还是不管不顾地从东京赶了过来。这种对母亲的关爱，让我钦佩不已。

可是，母亲并没有接受。

后来，母亲时常对我说：

"那到底是什么人啊，别人丈夫才死没几天，就跑来要带我去卖保险，真不知道该说什么好。"

或许，母亲当时需要的是无论真假、只求好听的同情与安慰吧。

或许，她只想对现实视而不见吧。结果，母亲和我们这几个孩子的生活，由父亲的朋友帮忙安排了。

我们没有房子，也没有存款，只有四个正在长身体的孩子。母亲通过父亲朋友的打点成了地方公务员，我们也以奖学金的名义从父亲的朋友那里拿到了专门的账户，那种组织力可谓男性社会特有之物。我认为，那是男人们对父亲的友情。

现在，我又想。

那个美人在男性社会中孤身奋战，赢得了自己的生活。

后来，母亲渐渐成了厚脸皮的未亡人，变得坚强而勇敢。

美人的儿子当上了医生，女儿成了家。在此之前，她还盖了一座漂亮的房子。每次得到她的消息，母亲都会说："可是那到底是什么人啊，别人丈夫才死没几天，就跑来要带我去卖保险。"当时，母亲和美人的友情是否终结了呢？

是不是母亲对友情有着过于天真的幻想呢？

或是两人并没有把自己的意思表达清楚呢？

她对独自带着四个孩子去东京缺乏自信。她原本只是小职员的老婆，很害怕没有稳定收入的工作。她有点瞧不上卖保险的工作。

我现在想，如果母亲把这些话毫不遮掩地说出来，那位美人一定能理解。

可是，母亲应该没有直言。

母亲想要的可能不是友情。因为支撑她的是某种虚荣。母亲是个爱好社交，并且长于社交的人。

她也是个需要在社交中混入一些微小谎言的人。

我想，我们一家人在外地过着充裕的生活时，母亲一定给那位美人寄过许多张记录自己美好生活的照片。

那个人应该也给她寄过那样的东西。长大后，我曾经整理过母亲的照片，发现了美人身穿和服坐在白椅子上，以漂亮的洋房为背景拍的照片。我把照片反过来，那是昭和九年（1934）在新加坡的留影。

四十年后，我发现那是新加坡的莱佛士酒店。

新加坡的莱佛士酒店是世界一流的著名酒店。

那是个昭和九年就有条件住莱佛士的人。当时应该在新婚旅行途中吧。

四十年后出于偶然，我站在了那个人拍照的草坪上。

那个人已经去世了。

那个人并非我的朋友，我对那个人也几乎一无所知。

即将迎来二十岁的摩登女孩们，熬过了战争，又拼命走完了漫长的人生。

我并不打算做出评价。

可是，直到现在，回想起那个人在父亲死后马上赶来，我依旧感叹那个人对女性的友情是多么可敬。

我也有过少女时光，也曾跟朋友在学校还聊不够，放学回家了也马上骑着自行车相约到彼此家中玩耍。母亲见到我们黏糊的样子，会这样说：

"那只是短暂的快乐。"

当时，我恨极了母亲。因为我们要当一辈子的好朋友，我不能原谅她这样说。

可是岁月如梭，我们走上了各自的人生道路，现在即使见到当时的好友，也已经没有了共同话语。

因为我们各自珍重的东西已经不同。

同样成为未亡人时，母亲与那个人各自珍重的东西可能已经不一样了。

"那到底是什么人啊，别人丈夫才死没几天……"事实可能不仅仅是这句话而已。母亲可能本能地察觉到了两个人在能力和生存方式上的差异。

可是，在"寻人"栏目中寻找那个人的母亲，却让我联想到了美国开拓时期的怀俄明女人。

在那个女性极端稀少的时代，怀俄明女人去见闺密，都要骑马跋涉整整三天。

在那个混乱的时代，母亲是否想唤回曾经属于摩登女孩的快乐青春呢？

老人有老人的样子也好

世界上是否存在能够抵御岁月侵蚀的生物呢？

目前正在努力尝试的，恐怕只有屋久岛的屋久杉[1]了吧。不过那也不能叫努力，应叫顺应天命。

倒是人类抵御岁月侵蚀这件事好像很有价值，不知何时就已经实现了。

打开电视可以找到只播放广告的频道。里面的广告几乎都是美容，而且全都与如何隐瞒年龄有关。比如整形手术，似乎许多本来就很好看的女孩子都毫不犹豫地去做，连我旁边也充斥着大声叫喊"那是鼻子整形""这是打胶原蛋白"的整形评论家大妈。

大家都很可爱，普通女孩子中已经不存在丑女，大家的腿也越长越长，日本成了全世界最重视打扮的国度。

1　指生长在日本屋久岛海拔五百米以上山中的杉树。狭义是指树龄超过千年的树，未超过千年则称"小杉"。

日本如此和平，真是太好了。

九十多岁的老头子拼尽全力攀登寒冬的山峦，或是跃入冰冷的海中，用铁棍表演大车轮。

同时画面上打出几个大字：不向年龄认输。

我觉得那样太丑陋了。什么败给年龄胜过年龄，一听就叫人烦躁。

老人有老人的样子不好吗？

就是因为外面有这种精神得过分愚蠢的老人，普通老人才会感到困扰。

其实我认识一个显年轻的女人。她快六十了，外表却要小十岁，内心则更是年轻。跟大街上的小姐姐差不多。

"你去六本木之丘了吗？""去表参道之丘了吗？"怎么可能去啊。

那个女人的内在和外表一样，都没有与年龄相符的内容。我快七十岁了，有了一定人生阅历，经历过赤贫，也经历过离婚。我不会透露次数，但可以说，人和人结合在一起不费任何功夫，要彼此分离却极为困难，必须用上惊人的能量去完成那个壮举。

人活一辈子，有时瞬间的闪光会变成人生永恒的光芒。人也会疲倦。地心引力是向下的，皮肤也就往下方垂落，七十年来每天都要使用的骨架子也会开始疼痛。可是，在这个满是皱褶的皮囊里，装着有生以来所有的岁月。

　　西洋偏爱青春的力量，东方崇尚年长的经验，我们有着敬老爱老的文化。人就在那个文化中渐渐老去，时刻都能看到老年人的模范。我希望自己能够成为那样的老人。

II

伟大的母亲

很久很久以前，我与河合隼雄[1]老师坐在小樽一个叫"现代"的夜总会里。

"现代"夜总会开业于昭和二十三年（1948），是历史传统悠久（？）的老店。当时小樽的鲱鱼业已经荒废，鲱御殿[2]也不复存在了。

"现代"夜总会虽然不是鲱御殿，但我认为它无限接近那个存在。因为那是一座巨大的平坦木造建筑，看上去有两层楼，实际并没有。可以说，那就是一个空荡得有点诡异的巨大空间。

开业时的公关小姐一直在里面工作到那个时候。

那些浓妆艳抹的公关小姐大约远远不止六十岁了，还大胆摇曳着大开背夸张晚礼服的裙摆，踩着奇高无比的高

1　河合隼雄（1928—2007），日本临床心理学第一人。——编者注
2　靠捕捞鲱鱼发家的船主在二战前竞相建造的豪华木造住宅。

跟鞋跟男人跳舞。那些人看起来都是一个样子，甚至区分不出谁是谁，而且跳舞的男人也都是老得惊人的老爷爷。无一例外，那些全是老爷爷，全都深深沉浸在舞步中。夜总会里的曲子也是特别古老的蓝调和探戈，用怀旧来形容尚有点不够味道，而是完全超越了怀旧的，一个特殊的时空。

挑高层坐着几个手持乐器的乐队成员，他们也都是老人。

我来小樽之前，曾在周刊杂志上看到一篇小小的文章，介绍了这个"日本最古老的夜总会"。

一定是我这个喜好古怪事物的人邀请了老师过去。那天白天，我和老师在一个品味高雅的童话奖项上担任评委。

我感到特别满足。再仔细一看，我这个平庸之人就更难以掩饰笑意了。我之所以感到老师很不简单，是因为老师像个孩子一样大吃一惊，半张着嘴，细细的眼睛竟然瞪得极大。

他没有摆出一副什么都知道的知识分子面孔，也没有说这里太无聊了我们走吧，而是毫不掩饰自己的惊讶。

长大成人以后，很难遇到令自己毫不掩饰惊讶的事情。老师为目光所及的一切人心毫不保留地表现出了惊讶，他身为"心"之专家的宽广和深邃，让当时的我十分震惊。

老师是著名的冷笑话王。

他说的话有一半都是冷笑话。

"我的工作是把病人加工成有常识的人。"

他还说过:"我是个伟大的有常识的人。"

"但是千万不能去治疗艺术家。"

老师曾经治疗过一名专业运动员。他尝试让运动员变回普通人,结果治好之后,那位运动员就只能拿到普通人的成绩了。"是我错了。"

老师在学校讲课,出版了许多书,让我一个看书的都追不上他。他像打鼹鼠游戏里的鼹鼠一样出没在日本各地进行演讲,还有许多客户。他实在太忙了,甚至还在新干线的列车上给客户做过咨询。

我想,与患病的心对峙,这真是一项艰难的工作。或许因为这样,老师才这么喜欢讲冷笑话。

我们曾经有过这样的交谈:

"我总觉得男人看到我会吓得往后蹦。"

我倾诉道。

"那是因为佐野小姐会说真话。大家都不爱听真话,所以不能说真话。"

我觉得特别羞耻,因为我自己并不能分清什么是真什么是假。

我想，老师应该十分重视中空。对我来说，中空是一种很难理解的概念。

大约一周前，我懂了。我是看了老子才懂的。

> 道始于无，似无底深渊，掬而不尽，为万物无源之源。
>
> 道者，圆刃而化固，和光同尘——
>
> ——摘自加岛祥造《道》

老师，是这个意思吗？可能不是，但我不知道。

曾几何时，我与老师及清水真砂子[1]女士等一行人担任过童话奖的评委。当时我和清水女士的意见出现对立，气氛顿时激化。我觉得我俩意见相左的样子特别有意思，希望气氛能再激化一些。

结果老师站出来说，不如我们休息五分钟吧。我顿时暗道不好。因为可以预见，休息五分钟之后，激化的气氛就该凉透了。

我被老师摆了一道。

我和清水女士在宾馆同住一个房间。因为"被老师摆

---

1 清水真砂子(1941—)，儿童文学家、翻译家，代表译作《地海传奇》。——编者注

了一道"这件事，我们感觉被玩弄在股掌之中，纷纷对彼此抱怨："搞什么嘛。""太过分了。"

老师可能非常重视日本人的"和"。因为老师很清楚日本人不喜对立。

我已经跟老师相识了二十多年。

我总是觉得，老师是一位极其伟大的人。

而且，他去世前的样子与二十多年前别无二致。不知是二十多年前的他特别老成，还是二十多年后依旧对所有事物都能毫不掩饰惊讶的直率，让他抵御了岁月的侵蚀。

老师的面庞就像阳光下晒得软乎乎的坐垫。

上面点缀着细细的眼睛和小小的眼珠。我很害怕那双眼睛。老师那张软乎乎的坐垫似的脸上总带着笑容，格外温柔。可是，那细细的眼白和黑豆似的眼珠，说不定全无笑意。只是我已经回忆不起来了。

因为母亲的痴呆，我与她的纠葛彻底解开了。我兴奋地写了一封长信向老师诉说这件事，不久之后老师给我回信了。他说：宇宙就是这样运转的。

不久之后，老师就倒下了。我想，我应该十分依赖老师，就像依赖一位无形而伟大的母亲一样。

今已不在的良宽

我从小就熟悉"良宽师父"这个名字。我好像在哪里看过一幅老和尚跟小孩子玩花球的画。我小时候，和尚与孩子是两种毫无关系的人。就算长大成人了，和尚也只是在葬礼和法事上露露脸的人而已。可是因为那幅字，我在成年之后发现了新的良宽。

我从未见过有人能像良宽那样写出如此优美的日本文字。不过我本来对书法没有兴趣，也没有接触。我能看见的书法作品，仅限于印刷在书本上的东西，或是展览会上偶然所见。对我来说，良宽的书法可能就像绘画一样。不过，就算我这辈子只见过一幅良宽的书法，恐怕也无法忘记。

"阿姨，Yoshihiro是谁啊？"

我接到这篇文章的邀稿，正在翻阅几本关于良宽的书籍时，邻居家的小男孩看到，便问了我一句。

"啊？"

"你瞧，这不是写着 Yoshihiro 吗？"

我顿时无言。

"什么，你竟然连良宽都不知道吗？"

"不知道呀，原来这读作 Ryokan 吗？"

那是个知道塞林格和斯蒂芬·金的男孩子。

"你没听过一个和尚跟小孩子玩儿的故事吗？"

"没听过，他是什么人啊？"

被他这么一说，我竟回答不上来。因为我也不知道该说什么。

"他做过什么啊？"

"……"

"他为什么很出名啊？"

"……"

"他不是很厉害吗……"

"他的字很厉害。"

"哦，就只有这个吗？"

"……"

"对了，你知道阿西西的方济各吗？"

"知道啊，他不是在方济各修道会对小鸟说教的人嘛。"

他不知道良宽，却知道阿西西的方济各。因为他去过两次阿西西的方济各圣堂。

"阿姨，为什么和尚特别穷就会变得很伟大很有名呢？难道有钱的和尚不伟大吗？"

"啊，啊，啊，因为宗教总是会与政治产生关联，呃嗯……"

我并不打算为这个不认识良宽的小友辩护。他是一个很普通的日本小朋友，而我这个与他五十步笑百步的人，也是个很普通的日本阿姨。

我读了几本关于良宽的书籍，但是，现在可能跟读之前没什么不同。如果我是跟良宽一起玩儿的孩子就好了。如果我是得到良宽馈赠一钵米的农家妇女就好了。

活在世上的人散发着那个人独有的美丽和人格，那是要通过触碰、嗅闻，通过声音和外形才能表现出来的东西。如果没有留下如此多的诗歌和书法作品，良宽这位与孩童戏耍的乞食和尚，恐怕只能得到相识之人哀叹他的离去，随即被人遗忘吧。

我想，他并不是一位优秀的宗教人士，而更像一位宿命的艺术家。艺术家的艺术有时是一种不幸。他在隆冬大雪中的五合庵内，写下了宛如宫泽贤治"只需一掬米、一捧柴"的诗句，是个迫切表达自身孤独的艺术家。

我想，艺术与信仰是最为水火不容的东西。艺术源自难以舍弃的自我，而信仰则以舍弃自我为前提。

艺术包含了大真实与大谎言。

在留下了表现之物后，人一旦死去，其人性便会毁灭。才能越大，与人格的关系就越疏远。

我多想用这双眼睛看看活生生的良宽师父，多想作为一个与艺术无缘的孩童，与良宽师父玩耍，多想在年老之后依旧忘不了那位师父的人格，对膝下儿孙讲述他的德行。

与孩子共生的眼睛

六十年前也有幼儿园。我在中国大连上过几天幼儿园，但是主动退学了。因为一个吊眼角、额头特别平坦的三角脸男生横打秋千撞到了我的秋千上。我被吓坏了，第二天开始就蹲在家门口的路上用木棍戳泥巴，丝毫不觉得无聊。

没过多久，一群吵吵闹闹的小孩子从离我十米远的地方走了过去。我一下就猜到那是幼儿园组织出去远足，顿时明白了什么叫后悔莫及。在那个瞬间，我第一次知道了时间无法倒流。我很想参加远足。小孩子的生活不存在日程表，因为他们活在每个瞬间。我还明白了，自己犯的错总有一天会报应到自己身上。我当时肯定羡慕得不得了。关于幼儿园的记忆，就只有这件事。

我记得用秋千撞我的男生平时就很凶，我应该很怕他。我不记得自己在幼儿园有女性朋友，就算有也忘了。

一群小孩子中间肯定会有一个那样的人，那孩子将来并不会长成黑帮老大，因为他只是个普通的孩子。这就是现实。

多少年过去，我的孩子也要上保育园了。我成了一个母亲，拥有了母亲的耳目。我只能用母亲的眼睛去看待孩子。一天，孩子走进保育园，马上有七八个女生朝他跑过去，把他围在中间看不见了。一个女生给我儿子穿上室内鞋，另一个女生则替他脱下书包走到墙边挂起来，还有两个女生拉着我孩子的手晃悠，大家都喊着他的名字。哇哦，我儿子很受欢迎，身为男人能有这样的人生开端真不错啊。

我一时竟得意忘形。

几天后，我把儿子送到保育园，他一个人孤零零地站在那里。女生们都去围住小泷了。看来他的热度过去了，今后他将迎来多么惨淡的人生啊。

再仔细一看，还有一群围着女生的男生。我在保育园看遍了人生的起伏。那个女生才三岁就成了完美的女人，总是让裙子在周围展成一个圆圈坐下来，还勾着眼睛看男生，低头轻触裙摆，娇娇地闹别扭。那孩子在水龙头旁边娇娇地洗手，男生会围过去砰地往她身上撞。一次能有四五个人。外面的水龙头则空着。人群里也有我儿子。唉，他身为男人的愚蠢人生已经开始了。

我眼中最可爱的还是自己孩子，顺带他的几个小朋友也挺可爱。

假设我孩子四岁，我的目光就会关注四岁的孩子，若是十岁，则转而关注十岁的孩子。

为孩子设计读物必须满口谎言，但是谎言中若没有关注世界的"真实"，则无法成立。"真实"就是指现实。

在我心中，有一个自己年幼时生成的内在的孩子，以及成为母亲后，以母亲的双眼从外部观察到的、不太客观的孩子。没有孩子的作家也能写出杰作，因为他们心中一直有着巨大的内在的孩子，或是正确的孩子的形象。或许，有的人是毫不挑剔地喜欢一切孩子。可是，讨厌孩子的人也经常能写出杰作。

恰好是孩子上保育园的时候，我发现了《不不园》（中川李枝子著，福音馆书店）。我感到眼前一亮，因为那是保育者的目光。

每天跟孩子生活在一起，以旁观的视角观察孩子，同时与孩子共生，与孩子共享这个世界，那就是保育者的目光。同样从事这种职业的人有很多，但是能将其表现为《不不园》这部杰作的人，应该是被老天选中的人。

当时我对孩子的集团已经不甚了解，发现世上竟存在如此细致守护着孩子的人，感到非常高兴。我带着震惊，顿时感到全日本的孩子，不，全世界的孩子都那么可爱。

《不不园》的出现（其实我并不了解）应该是日本儿童文学史上的一个大事件。就像矗立的生命突然开始跃动，就像高大而年轻的树木。

那时候的孩子都从母亲或幼儿园老师那里听过《不不园》，所以每个人都知道它。

"我们来决定接下来要装什么吧。"

"因为要去钓鲸鱼，所以要带铁鱼竿，还有好多好多蚯蚓。"

大家从船上跳下去，拿来了铁鱼竿。

铁鱼竿很重很重，要三个人才好不容易抬上了渔船。

人们还在空牛奶罐里塞满了蚯蚓。

★

吃完饭，人们正在打歌牌，

"大象狮子号"终于开向了大海。

★

突然，白色的浪花里浮出了山一样的黑色脊背。

"啊，鲸鱼!"

★

巨大的脊背上喷出了高高的海水。

"哇啊，糟糕啦！"

★

"哇，天突然黑了！暴风雨要来啦！"

★

船上的人一会儿吓得跳起来，一会儿跌在甲板上打滚。

★

"啊，看见陆地了！"

★

鲸鱼正朝着陆地全速前进。

★

郁金香保育园的孩子们都想快点看到鲸鱼，还做了一面旗子等鲸鱼来。

"你回来啦！你回来啦！"

★

鲸鱼收到的花冠特别特别大，得由玫瑰花班所有小朋友合力搬过来。

★

鲸鱼戴着花冠，对小朋友们点了点头，转身游走了。

——摘自《不不园》之《捕鲸》

孩子容易入戏，瞬间就能穿越时空。入戏是一种亦真亦假的现实。可是孩子的想象力很快就会支离破碎，最后变得虎头蛇尾难以收拾，然后演变成争吵，互相骂笨蛋。此时已是夕阳西下，乌鸦叫，要回家了。所以，孩子们的入戏最后会变成分子一样的碎片，密密麻麻地飘浮在空中。

《不不园》让郁金香保育园地板上的积木船行驶到大海上，在那里遇见鲸鱼，抵御风暴，最后平安回到郁金香保育园。这是一场恢宏的冒险故事。

我翻动书页，不经意间遇到了遥远过去的内在的孩子。我仿佛闻到了跟我一起蹲在地上摘草吃，跟我一起玩过家家的久枝头发上的气味。

然后，我又感觉自己不停触摸着四岁孩子们柔软的手臂，甚至感觉自己看见了小泷脸蛋上的胎毛。我感觉，给鲸鱼送去大花冠的女孩子中，也有我见过的那个十分擅长当女人的小女孩。

听完《不不园》的故事，孩子们应该会屏息静气，感到自己身为孩子焕发了生命。

这将成为永恒的孩子们的经典，在它出现的瞬间，就成了崭新的经典的风格。

而且，事实的确如此。

我向三十岁左右的男男女女提问，没有一个人不知道这些故事。

这样的作品，就像作为日本文化遗产的富士山一样。

无论什么时候读，那里面都承载着永恒的孩子的世界。

感情被毫无保留地抒发出来，让人们在灿烂的光辉中，重新找回孩子的心。

听说英国每个家庭都有《萨基短篇小说集》（可能是假的）。我希望，无论有没有孩子，每个日本人家中都有一本《不不园》，希望日本能够成为拥有这本包含了柔和、知性与幽默的书的，高级的国度（这是真的）。这么一个宝物，只要 1200 日元 + 消费税而已。

一无所知

我一无所知，也将一无所知地死去。庭草繁茂，我却只能认出蓟草、桔梗、虎尾兰及其他两三种，此生终将不能辨认其他无数种未知其名的花草。就算知其名，也不得知其实。

漫天星辰，我却对宇宙一无所知。

我只能见我所见，却始终不知其内涵。

我对地球上的众生也一无所知。

我对俄国一无所知。

四岁那年，我在北京的路面电车上第一次看见白种人，吓了一大跳。我实在太吃惊，还拽着父亲的上衣指向了那个男人。

父亲面露凶相，压低声音对我说："不要乱指别人！"我羞愧得浑身僵硬，再也不敢看那个人。其实我心里特别稀罕，恨不得跑过去又看又摸。我头一次见到的白人男性，就是在北京的俄国人。

我从小就看过《傻瓜伊万》这个童话。伊万是俄国人。我曾经想，为什么不说"伊万是傻瓜"，可《傻瓜伊万》就是《傻瓜伊万》。相比稻草富翁[1]那个善良的主人公，儿时的我觉得《傻瓜伊万》的内涵更为广阔。而我当时连俄国在哪里都不知道。后来，我从各个国家的童话和民俗中读到了各种各样的傻瓜。为什么全世界到处都能看到傻瓜呢？我又为什么如此喜欢傻瓜呢？老实说，比起强大睿智的王子，傻瓜更能让我感到安心。如果傻瓜最后变成了强大睿智的王子，儿时的我就会被困在安心与遗憾的夹缝中痛苦不堪。

后来，我读了托尔斯泰和契诃夫，也读了好几本陀思妥耶夫斯基。那时我还没长到阅读这些书籍的年龄。

因此我读得格外痛苦。人物名字如此之长，还夹着两个甚至三个分隔点，然后还有昵称。每次读俄国小说，我都要放一套纸笔在旁边记下名字和人物关系。哪怕这样，到最后还是会乱成一团。那些我从未踏足过的地名实在太美了。莫斯科、彼得堡。当彼得堡改名为列宁格勒时，它

1　指用一根稻草进行物物交换，最终成为富翁的故事。

在我心中就成了另一片土地。在亲眼看见俄国茶炊之前的好几十年，我一直都不知道茶炊是什么。可是，茶炊很美好。我没有用过茶炊，所以等同于对它一无所知。

我看过几次契诃夫的戏剧。日本演员装扮成俄国人，在台上说好多台词，四处走动。当《海鸥》结尾处，年轻女演员高喊"我是一只海鸥！！"时，我感到异常地羞耻，又不知自己为何而羞耻，只觉得羞愧难当。对于我这种从中国撤回的人来说，更是无法对没落贵族阶级的悲伤产生共鸣，因此离开剧场时，我竟心怀愤怒。我一个俄国朋友都没有，所以不知道活着的俄国人是什么样子。在契诃夫和陀思妥耶夫斯基笔下，登场人物甚至会对火车邻座的陌生人热情洋溢地吐露心声，踩着笨重的长靴对他人的世界长驱直入，让我惊异万分。这是小说才会出现的场景吗？这都是虚构吗？我一无所知。

我上学时读过里尔克，在书信集中，他写给露·安德烈亚斯·莎乐美的书信最为出类拔萃，几乎与《布里格手记》有同样的灵魂高度，与其称为书信，更应该称为作品。因为里尔克在那封书信里表现出了对斯拉夫精神的深深关注，而那一切都因为莎乐美这个俄国人一直邀请他到俄国来，并让他接触了许多代表斯拉夫精神的事物。

里尔克不去俄国就无法真正体会到的"斯拉夫精神"，

这个词在我心里扎下了根，然而，里尔克在俄国体验到的斯拉夫精神究竟在他的灵魂里留下了什么样的光与影，我却一无所知。对俄国，我真的一无所知，对苏联则更是如此。我只能从报纸和新闻的报道上了解苏联。苏联解体后，我曾经看过的报道或许都算不上见闻。

后来，我成了米哈尔科夫电影的忠实拥趸。看完由几部契诃夫作品改编成的电影，我泣不成声。不管是贵族还是农民，人都在拼命而滑稽地活着。无论哪国人都是如此。全世界人都一样（可是，我为何在看了新剧《海鸥》之后，感到如此羞耻呢）。

无所谓是哪国人，因为人类大同，每个人都过着自己无可替代的人生。如果那些人生能为我所见，让我对遥远异国的人们拼命而滑稽的生活产生共鸣，那么无论是哪国人都无所谓，就算一无所知也无所谓，因为人不可能无所不知。就连只对所知之事做出回应，也着实不容易做到。

田中泰子 [1] 女士送给我三本玛芙丽娜 [2] 的绘本。

1　田中泰子（Tanaka Yasuko, 1938—），俄罗斯儿童文学翻译家，大阪外国语大学名誉教授。是佐野洋子的初中同学。
2　塔季扬娜·玛芙丽娜（Tatjana Mavrina, 1900—1996），苏联画家，1976 年获国际安徒生插画奖。——编者注泰子女士反复告诉我，写文章的科瓦利[1]现在是俄国评价最高的儿童文学作家。

《雪》。

这绘本带着多么浓郁的"俄国"气质呀。那些生活在我所不知的白色世界的人，那样的俄国离我那么遥远。我看了这册绘本，非常庆幸自己对遥远的大雪覆盖的隆冬的俄国一无所知。一无所知的我通过这种方式看见了白色俄国的光景，这是何等的幸运啊。它让我振起了对未知的想象之翼，让我看到了无数陌生的俄国的梦境。我凝视着画上滑雪橇玩儿的孩子，久久没有移开目光。大地一片银白，家家户户的屋顶都覆盖着积雪，枞树的枝丫上也堆满了白雪。

那些相貌模糊的孩子们都在精力充沛地玩耍，看起来是多么快乐啊。

那种欢喜令我折服。雪白的世界给予了我无上的欢喜。

《冰洞》是纯净的湛蓝。肥硕的大马向我奔来，在雪白的道路上留下啪嗒啪嗒充满活力的脚步声，竖着黑色的耳朵，一定还喷着白花花的气息，在那个静谧的白色世界里，只能听到肥硕大马的蹄声。森林犹如雪白的光球，不久后春天降临，白色世界渐渐远去。可是，我心中广阔而

---

1 尤里·科瓦利（Yuriy Koval, 1938—1995），苏联儿童作家、诗人。——编者注

深邃的欢喜却没有远去。我泛着泪光，一股被我遗忘已久的生的希望，从我丹田处散发出光芒，诞生出来。

世界如此美丽。无论我的心多么贫瘠，世界都如此美丽。

或许，我也能再活一次。

玛芙丽娜九十多岁时画下了这些画。玛芙丽娜是个奇迹，那种欢喜又一次令我折服。

我为欢喜折服，如此幸福。

就算那是经历过九十几场雪白冬天的俄国的玛芙丽娜才能描绘出来的世界，它也被送到了这里，被送到了遥远的日本。

一次又一次，我缓缓追逐着科瓦利的文字。

泰子女士曾经寄给我一张照片，那是她与科瓦利站在雪白的大地上，并肩而笑的照片。她的笑容是那么年轻有力。然后，泰子女士给我寄来一封信，用撕裂胸口的文字告诉我，科瓦利溘然长逝。

泰子女士还遗憾地说："真想让你见他一面。"她太抬举我了。

现在，我又一次重读科瓦利的文字，心中也甚为遗憾。

最无可挽回的事，并非我没能见到科瓦利，而是与我同龄的科瓦利过早与大地上所有生灵告别。

科瓦利看见的草、触碰的草、香气、对乌鸦哞叫的牛，还有白色积雪的俄国、闪闪发光的蝴蝶、风、空气、侧耳倾听的森林。那么多的朋友，该为科瓦利的离去感到多么寂寞呀。

科瓦利与我近在咫尺，仅仅隔着泰子女士这位最棒的朋友。

让心雀跃的《枕草子》

高中日本史教到平安时代时，历史老师狠狠批判了
《枕草子》。他是刚从大学毕业的教师，跟十七岁的我们
只相差五岁。

我认为，他特别欣赏《源氏物语》。我也觉得近千年
前就能诞生出那种文学的日本很厉害，可他却说《枕草
子》不过是作文罢了。他还说，《枕草子》只是可有可无
的自我夸耀而已，没有人关心作者喜欢什么讨厌什么，这
样的文章太扭曲了。

我们听说学校要来一个新老师，全都期待不已。或许
当时的感觉就像等待王子登场。结果登场的却是一个白皮
青年，如同小猪一般扭动着身子，发出尖厉的声音。

古文第一堂课讲的就是《枕草子》。老师是年轻漂
亮的三十多岁女性，她让我们翻开教科书，一上来就念：
"春天是破晓的时候最好……紫色的云彩微细地横在那

里……"学生们刚念到"春天是破晓的……",纷纷低头笑了起来,那种明知道不能笑却忍不住的奇怪声音顿时在教室中回荡。

老师不为所动,继续念:"夏天是夜里……"

那是我们头一次听古文的抑扬顿挫,或者说朗读。

我一直以为朗读就是毫无感情地硬读。

老师把四时的情趣那段全部吟咏了一遍。

教室沉默了好一会儿。

"……以至容易变成白色的灰,这是不大好看的。"老师的话音落下,大家都沉默着,未能从呆滞中回过神来。

我不记得《枕草子》讲到哪里了。虽然记忆中有讲到"一日黄昏,朔风乍起……",但《源氏物语》最后讲到了哪里,我也不记得了。想必当时也不过是稍稍培养了一下文学素养吧。

我对"逝川流水不绝,而水非原模样"也印象深刻,想必是大声朗读过好多遍,还模仿了老师的调子。

高中毕业后正是萨特和波伏瓦的时代,明明看不懂,明明也知道自己看不懂,我还是读了许多。

我无法坦白自己不明白这件事。

我暗地里非常讨厌波伏瓦,因为她身体太结实了。波伏瓦在骑自行车长途旅行的途中摔倒,牙齿都嵌进了脸颊肉里,还是以钢铁的意志坚持旅行。我十分痛恨这种结实的女人。可能因为我没有钢铁的意志，也没有知性的进取心。而且我看的书全都是他们那边的西方文学。正因为如此，高中毕业以后，日本的古典几乎等同于不存在。

三十岁过后，我买了古典文学全集。无论哪家出版社的全集，第一本都是《源氏物语》。我也买了与谢野晶子的现代日语翻译版，同时摊开放在桌上，左右对照着读完了。

其实我读完《源氏物语》之后，心里觉得这就是个色鬼的故事，但没有对任何人说。因为年轻时读书是出于虚荣心。

我怎么都不觉得光源氏是个男人。这点也没对任何人说。

而且，我特别讨厌拿末摘花的故事来开玩笑。

源氏跟那么多女人谈情，却没有让任何一个人得到幸福。连若紫也在嫉妒之苦中结束了一生。

我又读了《枕草子》。

清少纳言是个超凡脱俗的现实主义者，她的文字着实像一个个真实影像。我仿佛能看见冬天早晨炭火燃尽留下的白灰。

而且她既天真又直言不讳。

陋室在雪后也显得美丽，如此目中无人的叙述让人发笑。

人们左右彷徨的样子，他们制造的响动、声音，还有坐立难安的模样，仿佛都近在眼前。

最近我在里面看到一句特别残酷的话，让我大受打击——"大家不大注意的事是，人家的母亲的年老"。

不过我最喜欢的是小巧可爱的女孩子将草莓含进嘴里的瞬间，眼前总会出现一个平安时代留着长长齐发的女孩子张开双唇含住草莓的光景。

《源氏物语》是最上乘的世界文学，我对此事没有异议。

可是，我独爱《枕草子》让我至今仍可闻到夏日黄昏的雨水气息。

而且，我到现在依旧很喜欢那位古文老师。

书太好了，恋爱吧少女

我大半辈子都在阅读文字。相比工作和家务，我凝视文字的时间要多得多，而且那些文字都被我遗忘了。这段时间遗忘更甚，仿佛背景音乐一般。我阅读的文字类型纷繁杂乱，心中会自行生成潮流，将一个作家能弄到手的书一口气读完，然后再流浪到下一个地方。

我很后悔。年轻时不应追求文字里的青春，而应该用肉体去体验青春。哪怕读一千本情爱之书，肯定也不及一次用身体发肤去体验的自己的情爱。当我闯入现实的情爱时，世间早已不存在什么美丽的情爱故事了。

如果碰到无聊的书，我就要读到最后看看它能无聊到什么地步。我很喜欢边看书边骂书。读到一本好书，我就希望别人产生共鸣，硬是把书借出去。因为我忘了借给谁，所以好书都不在我手边了。

回首过去，我感觉自己站在书本的梦幻岛[1]上，连我的人生都像一座梦幻岛。它交融在曾经的光辉和阴暗中，显得暗淡无光。长到六十七岁，我就有这种感觉了。

我从来没用过正确的读书姿势。从小我就是背着妹妹趴在榻榻米上读书，长大了则在电车上读书，或是煮着一锅意面读书。几乎所有书都是钻进被窝里躺着读完的。

现在我成了老太太，整日躺在床上读书，觉得自己真是太幸福了。对我来说，这就是唯一的快乐。所以我应该一生都很幸福。

读了书也无法变聪明。各位青少年啊，使劲玩耍，用心玩耍吧。恋爱吧少女（死语[2]）!!

●这本书

《夏先生的故事》（帕特里克·聚斯金德著，J.J.桑贝绘，池内纪译，文艺春秋）

讲述了平静村庄的少年日常，还有稚嫩的恋情。在故事的背景里，夏先生每天背着书包大步行走。每天走啊……走啊……如果要我说出此生最爱的书，那就是这本了。

1　位于东京湾的一处人工岛，从 1957 年开始作为垃圾填埋场来使用。
2　指随着社会发展变化，使用率逐步降低，甚至不再使用的词汇。——编者注

●推荐五本书

《楢山节考》（深泽七郎，新潮文库）

这本书讲述了山梨县人的可恶之处和人类的力量与美丽。他的《盆栽老人及其周边》同样让人难忘。我的根在山梨县，父亲故乡的小孩子都有种深泽七郎的感觉。

《平家物语》（岩波文库等）

无论何时何地翻开，它都那么独特哀伤而凛冽。书中描绘的场景无比华丽，各色华服可谓摩登之巅。无论哪个小市民都是心气很高的人，没有谁会想死在老人院。

《我是铁兵》（千叶彻弥，讲谈社）

千叶彻弥的漫画都那么鲁莽而悠长，画到最后圆不回来干脆自暴自弃这点最好玩儿。我想变成《闲人松太郎》里的大奶子老太婆。

《人间临终图卷》（山田风太郎，德间书店）

人生下来几乎都一样，死的时候却截然不同。这本书是各大名人的死法图卷，因为太好玩儿了，我还拿它当过中元节礼物。

《阿房列车》（内田百闲[1]，筑摩文库等）

仅用拿掉车站盒饭盖子上的米粒来开始和结束一篇行记，这种手法让我惊呆了，让人很想在百无聊赖的日常中懒懒散散地活上千万年。

1　内田百闲（1889—1971），小说家、随笔家，曾师从夏目漱石。代表作《百鬼园随笔》。——编者注

收拾书

我什么爱好都没有。

我也曾想过要运动运动锻炼身体，可是在我开始打网球那天，举起球拍去接直击面门的网球，脸上多了一片仿佛被烧烤网灼伤的印子，让周围的人心情大好。我认认真真凝视着球拍，转身离开了球场。我还去滑过一次雪。本来想着滑下山坡，但不知为何我竟倒着上了山。真是不可思议的天赋。

有一次，我在租碟店一次租了七部电影，两天就看完了，但是一个演员的名字都没记住。我甚至分不清哈里森·福特和凯文·科斯特纳。人老了也就更难分了，而且就算看的数量多，脑子里也没个概念，很难跟电影爱好者聊起来。于是，我就从小躺在床上一个劲儿看书。

我的人生伴随日本战后的贫困开始，贫困的日本和我们家都严重缺乏各种资源。我甚至把母亲藏起来的色情杂志也翻出来躲在衣橱里读，但是特别恶心，后来还感觉母亲也变得特别恶心。当时没人买书，大家都是借书。教室里放着两三本伟人传记，我就坐在角落里看《野口英世传》，回过神来天已经黑透了。哥哥不知从哪儿借来了《六指男》这本漫画，我有生以来头一次感到兴奋。《六指男》一共有好几本。

六指男是个罪犯，但他人非常好。那是叫人十分悲伤的漫画。现在，我还想再看看那套漫画。对我来说，色情杂志和《野口英世传》和《六指男》都排列在同一地平线上。对揭秘艺人的书、《朗读者》《圣经》和《源氏物语》，我也不会去做区别和歧视。我可能并不具有区别对待的能力。

在我进入社会，有了收入之前，我都是借书来读的。以前多么想拥有自己的书啊。可是，借书来读又是一件多么美妙的事情啊。书不会留在手边，因为借了要还。

住的地方小就无法藏书。随着日本一点点富裕起来，我也跟随日本的脚步渐渐有了自己的藏书。

我用头一次领到的薪水买了《里尔克全集》的其中一本，之后每月都会去买一本散发着微微银光的紫色书。直到现在我都忘不了那时的快乐。尽管如此，我还是无法尽情购买自己喜欢的书。我经常在旧书店晃悠。中野那家旧书店的大叔曾经指着高处的书说："那些书放这么高，太麻烦了。"丝毫没有做生意的意思。

我在那家店买了《亚历山大四重奏》。

我还在那家店买了《日本怪谈全集》的第四卷。那里没有其他卷。

《芬妮·希尔》被禁那天，我一大早就狂奔到那家店去。因为我想把被禁的那些情色场景读一遍。大叔说："买那种东西会把自己给坑了。你这样的小女孩儿也不该读那玩意儿。"他一语拆穿我的品性后继续说，"日本出版的译文只有原作的三分之一篇幅，最先翻译那本书的是一个镰仓医生，早在战前就翻译完了。被禁那一版顶多只算原作的皮毛。你要是想看就到羽田的书店去，那里有原版。封面是黄色的，内文并不算难。"大叔可真清楚。随后他走进里屋，拿出被禁的书卖给了我，"拿去吧，别说是我卖的。"我那间小出租屋里的书架渐渐丰满起来了。直到那时，我还从未想过扔书这件事。

由于我什么爱好都没有，家里的书越来越多了。

盖房子的时候，我把崖下掏空做成了书库。然而书还是不断增多。走进书库的人经常嘲笑我："你怎么尽摆一堆无聊的书。"那是当然，毕竟我可是把《野口英世传》《六指男》和色情杂志一视同仁的人，怎么可能有高雅的品味。

我这个没有爱好又不会喝酒的人总算有了随意买书的

条件。书还在不断增加。我把书装进纸箱里拿去旧书店卖了。

"我们只收漫画和文库。"其他书明显被视作累赘，几乎没卖出去几个钱。

仔细想想，我既不搞研究又不是高级知识分子，就算把书买回来，也几乎不会把看过的书再翻开。

真正需要的时候，只要去图书馆就好了。我开始在读完书后对朋友说："这本书送你了，不用还给我。"

结果朋友也会拿着自己的书对我说："这本书送你了，不用还给我。"随后道出跟我同样的理由："因为我没地方放。"

凡是他们说"这本书记得还给我"的书，我都不想还。

我发现，我只要有文字可以读就够了。就像年轻人整天带着随身听一样，读书对我而言就是背景音乐。

读完了我会很快遗忘。而且有些书不读就无法做出判断。假设读了十本书，只有一小部分书能让我感叹"啊，这书太值得一读了"，大多数都是"嗯，算是读过了"或者"唉，浪费钱了"。

每年能碰到一本"啊，好棒，世界果然无限美好，活着真好，这本书不想借给别人"的书已经算是幸运。这段时间可能三年才能碰到一本。

我还把书送去过图书馆。他们只接受童书捐赠。于是，我终于还是用绳子一捆，把书扔到了垃圾站。

那种感觉太糟糕了。很显然，我写的书也会被人扔到垃圾站。

上回我看完一本书，拿去旧书店放在了每本一百日元的书箱里。

我读书没有任何用。

人格没有变得高尚，素养也没有得到深化。我只得到了阅读那个瞬间的惊讶和感动。我一定是想借用他人的宝贵经验和凡人难以企及的才能，来遗忘自身贫乏的经验和内心。今天完全沉浸在红色的才能中，假装自己也拥有一双红色的眼睛打量世间。明天则染上蓝色的才能，惊叹原来世界如此之蓝，可能后天又会翻开一本漆黑的书。书越来越多，越来越多，实在是碍手碍脚。因为房子太小了。

如果一直读书，不明白的事情必然会越来越多，人也会变得越来越无知，最后死去。

沉迷里尔克

青春究竟何时而生，何日而终呢？一说到青春，我霎时就会回忆起贫穷这种撕心裂肺的感受。我并非讨厌贫穷，只是为贫穷招致的兴叹而兴叹。

那时我从未买过书，全靠找人借。大家都很穷，但是贫穷也分程度，我便属于那种只借不予的人。大学一年级时，一个同学那儿有几本薄薄的文库书。事先声明，那时的文库只有岩波文库。同学手上的书是里尔克的《布里格手记》。我对她说："啊，借给我吧。"那女人竟定定地看着我说："你干吗不自己买？"

现在回想起来，那本书只要八十日元。当时小卖部有散卖的香烟，憩牌香烟五日元两根。每次看到买两根香烟的男学生，连我这个穷人都会产生一种不知是怜悯、蔑视抑或共鸣的感情。金钱真是可怕。

我并非被她那句"干吗不自己买"的恶意所伤，而是因为她总穿着面料和剪裁完美的紧身裙，可以连续好几天在银座寻购自己喜欢的上衣，那样的富足和"佐野同学的裙子怎么屁股上都是褶子啊哈哈哈！"的日常嘲笑让我羞愧不已。一天我们打开便当，那女人说："妈妈真是的，明知道我讨厌这个。"顺手就把烤鸡块扔进了垃圾桶。我当时真想扑过去把鸡块捡起来吃掉。

我有一些男同学穷得买不起皮带，只能用一根细绳捆着脏兮兮的长裤，还有一些男同学连十日元的巴士钱都掏不出来。有个同班的老乡说"武士要互相帮助"，便借钱给我花，我每天的生活都很快活。因为那句"干吗不自己买"，我对《布里格手记》的拥有欲望就更强烈了。不记得当时是从什么地方搞到了那本书，大概是花二十日元在旧书店买到的吧。从那以后，我就对里尔克燃起了熊熊激情。我买了他的诗集，当然也是岩波文库。里尔克好像是个很厉害的诗人，那个厉害也可以说成晦涩难懂。可我并不觉得他难懂，只觉得那些诗句如行云流水般与我融为一体。我对里尔克深深沉迷了。

我们有个设计唱片封面的作业。平时总跟我一起完成作业的男性朋友让我用水彩画些抽象画，而他则在上面用细笔描绘了许多细密的文字。"再来点，再来点。"男性朋友向我提出要求。我没有灵感的时候，就会读一行里尔克的诗集，随后提笔作画。无论读哪一行，我都能当场提笔作画。我们做得异常满足。老师对我俩的作业大加赞赏，我们都很高兴。男性朋友说："那姑娘可厉害了，边看里尔克边画画。"我自己也感叹："我可能有点厉害啊。"于是，我用毕业后拿到的第一笔薪水买了弥生书房那套可爱方形开本的《里尔克全集》。

我看到了里尔克的照片。他眼睛瞪得老大，长着一副让我不想跟这种人谈恋爱的模样。我还知道了培养里尔克成才、比他年长的露·安德烈亚斯·莎乐美。她长着一只鹰钩鼻，看起来特别有气势。她结识了尼采，又与弗洛伊德相处了一段时间。她好像是个日本找不到的、充满知性的女人。读里尔克的书信集，他写给露的书信比其他书信更为出彩，甚至可说书信本身就构成了一部作品。书信集中还有写给塔克西斯夫人的信。她也是比里尔克年长的贵族女性，好像是里尔克的资助人。这种人好像被称为"patroness"。我渐渐觉得里尔克是个一味依赖年长女人、发育不全而心机很深的小白脸。他被玫瑰刺扎到手指而死的故事也特别假。

上学时，我读了很多外国文学。不仅是我，我周围也很流行萨特和波伏瓦的作品。不管是俄国还是法国，在我眼中都是美好的外国。就连俄法的穷人故事，我也感觉是上等的贫穷。我认为只有《安娜·卡列尼娜》和《包法利夫人》才有资格搞偷情之事，漱石《后来的事》和

《门》明明都讲述了偷情及其后果，而我并没有将它们分为一类。

然后，我生了孩子，被生活裹挟其中。尽管如此，由于我别无爱好，便依旧背着孩子读书。读书并没有让我素养变高，因为我边读边忘，仿佛那些文字都是生活的背景音乐。四十过后，我才对漱石产生了强烈的共鸣。初中读了那么多漱石，究竟明白了什么呢？纯属浪费时间。

里尔克？那人是谁来着？年轻时读过的大文学等同于未读。尽管那女人用一句"干吗不自己买？"给我留下了尖锐的红色污迹，但我跟男性朋友挤在四叠半的小房间里，靠着一行里尔克的诗文共同完成绘画作业的时光，依旧是我无可替代的青春。只是——

"愿我有朝一日，在严酷的认识的终端，向赞许的天使高歌大捷和荣耀。"[1]

这句诗歌到底触发了我内心的什么东西？现在读来，我是没有一丝头绪。

---

1 摘自里尔克《杜伊诺哀歌·哀歌之十》（林克译）。

《六指男》在哪里

自从首相把未曾有（mizou）说成"mizoyu"之后，有本书瞬间就卖掉了十五万册。我表姐也买了给我。

书名很长，叫《好像会读其实不然的易错汉字》。

读到第十页左右，我还能游刃有余地想："麻生真是个笨蛋。"然后就戛然而止了。

揣摩臆测——这是啥呀？读作"shimaokusoku"，好像是凭感觉估算的意思。

黜陟——"chucchoku"，罢黜无功之人，任用有能之士。

野生和野性原来也不一样。

遇到不会写的字，我全都用平假名来表述。编辑会帮我改过来，以免成为公司之耻。真是太可怜了。

我边跳过边感慨那些一点都不会读的内容，猛然发现了前人勤劳与智慧的结晶——将外语写为汉字的文字。

"提琴"是指"violin","洋琴"是指"piano","口风琴"是指"harmonica","自鸣琴"是指"orgel"。[1]

克里奥佩特拉——能猜到吗？就是那位埃及艳后。

人肉质入裁判——威尼斯商人，这个太巧妙了。多亏麻生闹了笑话，我才能得到这么多乐趣。

二战结束后，我身在大连。父亲工作的满铁没有了。

我记得不太清楚了。最后那天，父亲好像把公司图书馆的《阿尔斯少年少女文学全集》用绳子一捆带了回来。母亲特别生气，说那谁谁都知道把更有用的什么东西和什么东西带回家。

其后两年，母亲发挥了三头六臂的本领。日本人全都到黑市一样的地方去，把家里东西卖给中国人，然后用那些钱买高粱、粟米和代替砂糖的糖精回去，解决家人的饥饿。

我的七五三节[2]和服也被卖了。那让我体会到不舍与为家里派上了用场的两种极端心情。父亲那件俄国人穿的、里面有很多毛的皮夹克好像卖了个好价钱，母亲甚至得意扬扬地把场景重演了一遍。

和服好像是比较受欢迎的商品。

1　汉语依次为"小提琴""钢琴""口琴""八音盒"。
2　日本儿童节，定于每年 11 月 15 日，3 岁、5 岁的男孩和 3 岁、7 岁的女孩参加。——编者注

在此期间，父亲只能看家。

父亲靠在暖炉旁，将弟弟抱在腿上，让孩子围在身边，给我们读了安徒生和格林的童话。而且他一直在流鼻涕，我每次看到父亲的鼻涕要流下来了，就用草纸帮他擦掉。

父亲一生都觉得我是个善解人意的孩子，可能就因为我帮他擦了鼻涕。

后来，我们撤回日本定居下来。

整个日本几乎没有书。

回到日本后，兄长很快从朋友那里借来了漫画。漫画题为《六指男》，有点像日本版的冉·阿让故事。后来我才知道，那个时期是租借漫画的热潮期。虽然画风恶俗，纸质粗劣，可我还是管兄长借来那些漫画贪婪地读了起来。我很想在死前再看看《六指男》，因为我只记得当时自己读过这套书。

搬到静冈时，母亲买来了《少年期》这本畅销书。那应该是母亲与儿子之间的通信记录。我当时已经十一岁。书中描绘的似乎是个挺高级的知识分子家庭。

父亲认为住在同一屋檐下还要互相通信的行为很恶心，并且毫不掩饰自己的轻蔑。可是，在我那个不恶心的家里，却完全不存在亲子之间的认真交流。父亲只会在晚饭时单方面给予说教，最后肯定要加上一句"蠢货"。那都是他的唠叨。而母亲只有突发的歇斯底里和居高临下的命令。

我从图书馆和朋友那里不断借书。

我好像格外喜欢看书。

而且还是个懒惰得异常的人。

我讨厌运动，最讨厌学校的体育课。我不想动弹。

读书可以一直躺着不动。

于是母亲只要看到我在读书，就会一脚踢开。"赶紧去做××!""××做好没?""你太懒了!"

尽管如此，我还是喜欢读书。

我是小孩，所以会长大，个子也会变高。并且会叛逆母亲。

"你就是书读多了才会这么任性。"

现在我想：真的呢，太对了。

我成了大学生，依旧很贫穷。

书只能借来看。

有个同学那儿有《布里格手记》，我就问她："你看完了能借给我吗?"她竟回答："你干吗不自己买?"

她真是个讨人厌的女人。现在一定也还是个讨厌的女人。

我参加工作后，买的第一套书就是弥生书房的紫色方形小书《里尔克全集》。我特别高兴，当时每月都会去买一本。

我站在电车上看书，孩子出生后就背着孩子，一手拿着长筷，一手拿着书做饭。

我对书的喜爱就像百元店一样。不分类型。由于我连一克的数理化脑细胞都没有，所以这个方面完全空白。

我读漫画，也对畅销书感到好奇，只要翻开一位作家的书，我就会兴起一个人的热潮，要把那位作家所有作品都读完。那是我一个人的热潮，平息之后又会有下一个热潮。

前不久我读了《死刑》这本书，内容非常发人深省。因为作者的立场不坚定，我也随之左右摇摆。作者的摇摆很重要。不，人类本身就会摇摆。

有段时间，我只要见到人就会问："你觉得死刑应该存在吗？"

"如果杀了人，那死刑也是没办法的事。"

是吗，有点道理啊。可是我虽然左右摇摆，最终还是觉得应该反对。

我问膝下子孙。

"你赞成死刑吗？"

"反对。"

"为什么？"

"因为杀生不好。"

吓一跳

　　我还很年轻的时候特别喜欢读内田百闲。我从未告诉任何人我这个年轻女子竟然喜欢百闲，而且也说不出口。因为我不希望别人把我看成任性又嚣张，而且内心扭曲的人。因为一旦坦承，我就成了老气的典型，会让青春受到伤害。我觉得，喜欢这种东西可能嫁不出去。现在回想往事，我怎么都想不起来自己如何邂逅了百闲。因为那是个人人谈论波伏瓦和萨特的时代，我甚至带着纪伊国屋书店的《波伏瓦回忆录》四处炫耀。

　　但是老实说，我很讨厌波伏瓦，尤其讨厌她身体结实强壮。她骑自行车旅行摔断了牙齿，牙齿甚至嵌进了脸颊肉里，可依旧若无其事地骑行了好几个星期。我的一些朋友把波伏瓦与萨特的关系奉为理想男女关系，甚至因此耽误了一生。

　　我要如何抱怨那个人拼上性命的哲学与行动呢？

可我就是不喜欢她身体强壮。这女的牙齿都嵌进脸颊肉里了还若无其事啊。这种事也无法对别人说出口。我可能只是个身体虚弱、脑子愚笨的人罢了。

孩子出生后，我已经可以心平气和地对波伏瓦冷眼旁观了。对啊对啊，你好伟大，你没孩子当然可以这么说。你高兴就好，跟我没有关系。日常生活的一切都很辛苦，日常生活很辛苦，生活就会变成哲学。光讲哲学可变不成哲学。

即使在那个时候，只要百闲有新书，我都会忍不住读。

我以前不知在什么地方读过别人写的话。那人说百闲是个讨人厌的臭老头，整天瞪着两个眼珠子瘫在那儿，别人说左他偏要往右。一碰就炸，一撩就哭，全世界最奇怪的人非他莫属。连长相都不如芥川龙之介那样赏心悦目，而是顶着一张臭老头脸。

菊花在黑暗中潜行的短篇，护城河里冒出一条巨大鳗鱼的短篇，女人永不停歇地撕蒟蒻的文章。虽然都让人毛骨悚然，但真要我细说，却也说不出个所以然来。尽管如此，我还是孜孜不倦地读。

"古池冷落一片寂，忽闻青蛙跳水声。"这就是扑通一声而已。但是日本人并不会想：那又如何？日本人会去感受静寂和林间的幽凉，还有青蛙入水打碎静谧的瞬间。如此感受之后，日本人会感慨：啊，这就是生命。正因为这是生命，一声扑通才会如此隽永。

当巨鳗在黑暗中浮出水面，呈现出两界不分的一瞬，我会感受到生命的深奥与欢喜。

可是，我对讨债的和花钱如流水的百闲是格外无奈，明明自己除了房贷没有任何欠款还是感到心惊胆战，慌张地想着你可别用借来的钱去坐什么人力车啊，下次可真的别坐了，然而他却坐了。唉。看到他跟讨债人之间生出奇怪的情谊，我又露出了会心的笑容。啊，世界上也有这种人，也有人这样活着，相比之下我是多么遵纪守法的好市民啊。这个世界真好玩儿。

可是我又会想，百闲先生，你到这个世界来干什么了？尽管如此，我还是反反复复读他。

没什么事却要坐上火车，啥也不管先买一份车站的盒饭再说。吃完盒饭，把盖子上的米也拣干净了，火车也到站了。然后原路坐回来。我竟憋着一口气读完了这些文字。为什么有人能把这种可有可无的琐事写得如此有趣？把盒盖上的米饭仔细拣出来吃掉，这才是生命的体感啊。我仿佛看到眼前出现了熟悉的车站盒饭，盖子上粘着闪闪发光的米粒，而我则一粒一粒仔细拣出来吃掉了。

这种时候如果眺望窗外风景，不就感受不到一粒米的滋味了吗？

我没有读到最后的书是《小野猫》，因为我不喜欢那种对宠物特别上心的人，他们基本上都很无趣。麻烦这些人躲在自己房间里，擅自悲喜去吧。可是我会与放声大哭、仔细倾听野猫脚步声的百闲产生共鸣，忍不住与他一同侧耳倾听。尽管受不了恸哭的男人，还是忍不住泛起泪光。太异常了。我终于发现，每个人都会有点异常之处。

这是怎么回事？

因为他是个头脑顽固的臭老头，所以分外有趣吗？只凭标题来判断杰作，因此疏远某些作品的我实在太肤浅了。等实在没书看了，我也会把《小野猫》拽出来，反复读上好几回。

百闲这个人的眼睛大概长在歪歪扭扭的肚脐眼附近，心和脑子也都不在胸部以上，而跟眼睛一块儿挤在下半身，稳坐其中纹丝不动，还用肚脐眼儿来说话。

我时常会吓一跳。百闲曾经问盲眼的宫城道雄[1]："瞎子也能感应到美人吗？"心长在脑子里的人绝对不会这样

---

1 宫城道雄（1894—1956），著名筝演奏家、作曲家，致力于改良日本民族音乐，代表曲目《春之海》。——编者注

问吧。结果宫城检校[1]回答："能感应到。"听说是因为美人路过的时候，连空气都跟平时不一样。我大受打击。原来丑人连瞎子都瞒不过吗？

不过，他怎么能问这种问题呢。但是问得好，这让我知道了瞎子也爱美人。

我吓了一大跳。

我变成老人后，总算能心安理得地坦承自己喜欢百闲了。

因为我变成老人后，总算知道自己到这个世界来要干什么了。我到这个世界来不是为了干什么，虽然没什么事做，但在死之前，我还是得活着。

要是能不时发出"啊，我活着"的感慨，那就更好了。那会不断积累"那又如何"。

其实感慨不外乎心情罢了。

"我总是一腔怒火走出教室／并非惦记着什么仇恨，但时常散发着你算个什么东西的气魄……"诸如此类。我虽然没有当过教师，不过出门工作时，有时也会冒出"你算个什么东西"的心情。波伏瓦当过教师，但我觉得她一定有着更为正确的心态，带着使命感去完成工作，并

---

1 日本中世、近世盲官的最高职位。

对自己的知性追求从未产生过疑问。而且，就算她也产生了"你算个什么东西"的心情，也绝不会如此表述。她是生来有意义、有责任，也有使命感的精英。可我就是不喜欢她。

百闲先生，你到这个世界上来干什么了？

你是来活着的吧。

我什么事都不干，但我还不想死。我还想吃闪闪发光的米粒和罐头里充满罐头味的桃子。

只有天空、草原和风
——《小黄狗的窝》

我们的所得超过了需要，并且仍不满足。作为代价，人类丢失了生灵的本质，成为孤独的灵魂，甚至连本质的定义都不再清晰。我们丢失了家人的牵绊，以自我的傲慢去爱着孩子，偏信学历和高薪胜过在世间生存的能力。于是，孩子就舍弃了父母。

人类是动物。人作为动物，必须靠吃来生存。于是为了维持健康，每日重复获取食物的劳动，最后衰老而死。

我几乎不了解蒙古。看到地图上那块广阔的面积，我只能联想到茫茫草原。我掌握着游牧民居住于白色蒙古包的知识，认为近代化会使草原上的人渐渐消失。我在电视上看到蒙古包，顶上竖着电视天线。

我头一次看蒙古的电影。我看过许多电影，也喜欢上了许多电影。但这是我头一次深深感慨人类原来如此美丽。我分不清这是故事片还是纪录片，我觉得属于哪种都无关紧要。

我知道蒙古的大草原、蒙古包和游牧生活，但我不了解在那里生活的人们。

一对年轻的夫妻和三个幼子。除了自己的孩子，我从未真心觉得别的孩子可爱。可是这三个孩子却比我的孩子更可爱。原来我并没有完完全全体验过孩子的可爱。如果可以，我真想回到三十年前，再一次将那种可爱深深植入心中。然后再回到六十年前，重新做一个坚强向上的孩子。我真想成为那个迷路的孩子，等待年轻的父亲像风一般策马而来，像电影里那样将我紧紧拥入怀中。我真想回到四十年前，不再动用讲歪理和受过教育的能力，声称男女平等并独自走上社会，而是单纯作为一个妻子和母亲，默默为生存而制作奶酪，用牛粪熏肉，小心翼翼地关照着玩牛粪的孩子，整日少言寡语。我真想无条件地信任骑马出远门的丈夫，在家准备着食物，以最低限度的话语来沟通一切。

那一家人在广阔的天空和草原上独自生存，却没有陷入孤独，而是过着充实的人生。我不禁泪流满面。

我生活在日本的历史中，他们也生活在蒙古的文化和历史中。在这个地球上，近代化无分好坏。几十年后，住在蒙古的娜莎是否也会变成我这样薄情的饶舌之人呢？

光芒中
——人偶动画《死者之书》

从某个时期开始，我不再看动画片。转折点就是诺尔施泰因的《故事中的故事》。我感到不可思议，原来影像竟能做到这种事吗？他又是用了什么方法来表现水和雾的呢？他为了制作这部短小的作品，究竟花了多少时间？当时还是苏联时代吗？这个人能维持生活吗？我不太喜欢话语组成的诗，如果这个世上真的有诗，那么我感觉到的诗，一定是那只刺猬和那只鹳鸟所沐浴的风与光芒吧。

原来在资本主义的世界，也有不可能。

一些作家和作品我早已熟知其名，或许每个人都知道，也曾好几次出现在自己身边，但我绝不会读。

折口信夫就是其中之一。我从小就知道折口信夫和释迢空是同一个人[1]，也知道信夫读作"shinobu"。但直到昨

---

1 折口信夫（1887—1953），民俗学者，作为歌人、诗人时称释迢空。——编者注

天，我才知道释迢空怎么发音。

我时常在报纸和杂志上看见折口信夫的照片，只觉得他长着一张严肃的长脸。我觉得，他的读者可能也一脸严肃吧。

听说川本喜八郎先生要把折口信夫的《死者之书》做成人偶动画时，我第一次阅读了文库版的《死者之书》。那是多么不可思议的文体和多么不可思议的世界啊。我甚至不知道自己到底有没有理解这本书，也无法分辨这本书到底是晦涩难懂还是简明易懂。书中的世界层层叠叠，仿佛直通地底，又好像能够穿透天际，飞跃宇宙，抑或直达昏暗的苍穹。我觉得自己身为日本人有点可惜，又有点庆幸。

那么，川本先生打算怎么把它做成人偶动画呢？

想必制作公司筹集资金也很困难吧。

川本先生的《死者之书》总算是做出来了。之所以说总算，是因为制片公司的制作人是我朋友，她时常累得摇摇晃晃，而且花了很多时间才制作完成。

我是个外行，所以觉得人偶动画做起来应该很困难。

后来我去看了。看了一遍还想看第二遍。看完我发现，原来这样的我心中也蕴含着崇高的光辉，可以一直照耀到脱离这个世界的至高之处。

公主一心追寻着在世上残留了执念的怨灵之怨，还有始终空虚但充满确信、难以分辨是人是神还是佛陀的光辉，一看就知道很不正常。但是在人偶动画里，却拥有了让人意想不到的艳丽之色。

那不是人类赤身裸体满地打滚的俗艳，也非艺伎的红色裙摆下闪现肌肤之色的香艳。

那是二上山间一道溪流的艳，是让人惊叹情色竟如此崇高的艳。

对现世之女执念难消的大津皇子已然化作腐败的尸骸，他的执念却让我欣喜不已。

南家郎女始终追寻着大津皇子和难分神佛的光辉，那样的疯狂如此痛切而逼真，让我感觉自己也曾经陷入过如是疯魔。

当光辉中的此世和彼世、神圣与凡俗、难分神佛之物与人间男女结合之时，我感觉自己也登上了极乐。川本先生把《死者之书》做得着实完美。原来资本主义社会也能做出这样的东西来。这不是有血有肉之人演绎的世界，正因为它是川本先生的大津皇子，正因为它是南家郎女散发着雪白光泽的冰冷人偶肌肤，才能到达如此境界。

所有人都拥有埋没在日常中的灵魂之美。哪怕那潜藏的光辉一生只被激发一次，也要感激上天的馈赠。

大眼睛，小眼睛

我七岁时看过毕加索的画。那不是孩童的画作，而是天才的画作。他的画找不到一丝孩子气，那精确的笔触和情感令人艳羡不已。我想，毕加索应该没有童年。因为他生下来就是天才画家。

有些大人看了孩童的画作，会说好像毕加索一样，但我对此心存疑问。

我有个朋友专业从事织染，一次接到某杂志的邀请，让她跟孩子们一块儿制作鲤鱼旗。于是，我们跟她家的两个儿子，还有我家的三个孩子一道，用大块的白布和颜料制作了鲤鱼旗。孩子们都是三岁、五岁和七岁的男孩。大人们按照从小到大的顺序剪好鲤鱼形状的裁片交给孩子，让他们在上面自由作画。孩子们听了格外兴奋，想也不想就拿起粗粗的彩笔涂画起来。很快，十五条前所未见的、抽象扭动的、富有力量感的鲤鱼旗就做好了。

最大的两条鲤鱼由两个大人制作，鳞片排列得整整齐齐，看起来愚蠢又平庸。

我们到海边去拍了照片。

在广阔的天空和蔚蓝的大海映衬下，将近二十条鲤鱼从小到大迎风飞舞，那个光景令人无比感动。尽管我们俩都是美术学校出身，最大的两条鲤鱼却仿佛死了一般。

我们俩红着脸笑道："好丢人啊。""我们的孩子是天才。"

三十三年后，那个朋友把一座老宅子移筑到了能看见浅间山的高原上。那是一座有二百多年历史的农户大宅，大得让人合不拢嘴。那里有一棵高大的玉兰树，在春天朦胧的蓝天映衬下开满了又大又白的玉兰花。朋友说，我今天带了好东西来，随即拿出了三十三年前的鲤鱼旗。

"哎，你到现在还留着呀。"

那颜色鲜艳而富有力量感的鲤鱼旗，以浅间山为背景高高飘扬起来。

那天正好是五月五日 [1]。

"我们的孩子那时真是天才啊。"三十三年过去了，孩子们的鲤鱼旗依旧充满活力和能量，不输给任何昂贵的鲤鱼旗。

---

1 五月五日为日本男孩节，习俗为升鲤鱼旗。女孩节在三月三日，习俗为摆放雏人偶。

有的鲤鱼眼睛奇大，几乎要从脸的部位溢出来，有的鲤鱼却完全没有眼睛。还有色彩的洪流。仔细一看，整体透着一股幽默感，让人忍不住失笑出声。

"真想让孩子们看看啊。""我家的已经开始秃了。"曾经的天才儿童都长成了平凡的大人。而我们这些老去的母亲，打算明年也在这里观赏鲤鱼旗。

然后我明白了。毕加索是个生来成熟，并在晚年希望成为孩子的天才。

无声的"呐喊"

大约二十年前，医生确诊我有自律神经失调。这种病过去应该叫狐狸附体或发癫。无论换成什么说法，内容还是一样。

我本是近视，却能清楚看到远处物体的轮廓。能看清秋日山间的每一片红叶是非常累人的事情，虽然累人，但是美丽。给我开药的医生肯定从未见过那样的光景。山上有柏树。看到柏树的时候，我惊觉凡·高并没有刻意强调柏树的曲线，因为凡·高眼中的柏树就是那个样子。我眼中的柏树也是那个样子。

凡·高生活在痛苦而无法控制的感情中，那种异样的日常该有多么艰辛啊。好在他的生命并不算长。这让我意识到，脑病也分天才和蠢材。我一张画都画不出来，也无法承受那种异样的感觉。因为大脑就像未经开发的宇宙，恐怕谁都不知道凡·高和我有着多么不一样的地方。

凡·高在那片非凡的沃野之上，捕捉到了向日葵的黄，捕捉到了人物和椅子，而我却连一块石子都拾不起来。

　　我想，在我还没长大成人的时候，应该就知道了蒙克的《呐喊》。

　　我不记得是美术老师让我们看的，还是教科书上有一张小图了。我只记得自己从未如此惊愕。

　　我仿佛在镜中看到了自己并未察觉的不安、恐惧、绝望和可能潜藏的癫狂。

　　那是还没长大成人的我从未体验过的，但是将来有可能会体验的恐惧。那种恐惧仿佛被人从我身体里抽取出来，直接放在了我眼前。

　　我想，看到那张画，应该不会有人将它彻底忘却。

　　我见过许多人无法正视它。"讨厌""好吓人""不喜欢"……人们或是把书推开，或是猛地合上。

　　后来，欣赏蒙克画作的机会渐渐多了起来。《青春期》的少女也让人过目难忘。蒙克的少女独此一人，雷诺阿的少女却让世人获得了许多美的感受，让我们见识到了明亮而温柔的世界。

　　我对母亲说："肥猪。"却被反击："你去看看雷诺阿。"真是受不了。

我去奥斯陆时看了许多蒙克的作品。《呐喊》还有很多我从未见过的版画和素描版。

　　画的标题明明是《呐喊》，却没有喊声。它更像是从外界吸收声音，将无声的恐惧积攒在体内。

　　画比我想象中要小。我记得自己对此惊诧不已。

　　在如此之多的裸女画像中，我只觉得蒙克笔下的少女无比美丽。可是少女右侧的阴影又如此骇人，我有一次还故意用手遮住了那块黑影。我发现，少女只是个普通女孩，是黑影让少女的双眼显得更为悲伤。我很感慨。为何蒙克要画这些悲伤又寂寞的画呢？我看到蒙克的照片，一下就明白了。他是个十分俊朗的美男子。为了与世界对抗，不好看的男人必须为自己攒下许多希望和力量，必须激励自己，因此而忙碌。美男子对这种事并不关心，因此才能静静地直面自己的内在。一旦静静地直面自己的内在，就会发掘出自身的癫狂。

III

北轻井泽，惊喜还免费

听说轻井泽自古以来就是有钱人的别墅区，现在却挤满了乡下年轻人，使真正的有钱人内心都很苦涩。不过北轻井泽是座开拓农村，没有人需要心怀苦涩。这里能听到牛哞哞叫，特定时期还能闻到扑鼻而来的肥料气味。而且，这里地处偏僻，从轻井泽开车过来要爬四十多分钟的山路，夏天越爬越凉爽，冬天越爬越冷。

我很难理解为何要在这里盖一座房子。我有脑病，书上说这种病绝对不能做大决定（比如结婚，或是盖房子）。所以房子是我朋友的女儿要子设计的。

我还没反应过来，房子就盖好了。不知为何，我对暖炉特别上心。其实房子里可能根本不需要暖炉，是因为要子向我推荐了地暖。但是，我从小就最爱看火焰，甚至跑到别人家去给他们烧洗澡水（过去洗澡水都是用柴烧的哦）。可见，我完全拥有成为纵火犯的潜质。

我跟要子兴味相投，那个兴味就是维持普通。我特别讨厌外表华丽的东西。我们看着暖炉的宣传单，两人同时指向了同一个炉子，于是我笑着说："要是男人也能这么简单结实就好了。"

房子盖好后，我变得特别喜欢北轻井泽，并且一年到头住在这里。住了一年之后，我发现自己最喜欢冬天。

然后我又发现，每天待在那里比什么都重要。晚来的春天会让大山披上一层灰粉色的外衣，仿佛大山在忍着笑意。当我得知嫩芽每晚能长一公分时，着实吃了一惊。不可思议的是，我每年都要大吃一惊。惊即是喜，而且还免费。院子里的蜂斗菜和刺龙芽都免费。呆呆地陶醉在白雪无声中，还有白雪堆积成的银白世界也都是免费的。我只在七月和八月不烧炉子，其余时间每天都会把柴放进炉子里，凝视着跳动的火焰，乐于见到火焰越烧越大，甚至要贴着炉子细看，不惜出一身汗。遗憾的是，柴并不免费。

而且，暖炉本领真的特别大。它特别能烧，又厚又浑圆的炉身也特别能积蓄热量，无论多么小的火种都能重新振作，再现雄风。

第一个冬天，房子几乎成了桑拿房，所以我经常感冒。

那个让人恨不得浇上沙拉汁就开吃的嫩叶季节过去了，草木逐渐变成深绿，山下已是酷暑。每逢酷暑，就有许多朋友来找我。我在露台上吃早餐时心里会想："哎呀，这么做好像避暑客一样，好害羞。"可是露台真的很凉爽。我打开电视，对从东京过来玩的人说："你瞧，东京现在三十九度呢。"我夏天的乐趣，就是坐看山下的酷热。

我住的村子也是古老的别墅区，七月和八月，许多房子都会门户大开，迎接许多人进去居住。到了八月末，就一个人都看不到了。有的人一年只能见上一次。比如岸田今日子[1]、长嶋有[2]，还有笑笑堂旧货店[3]。这么多避暑的朋友来来去去，让我也有了身在避暑胜地的兴奋。

接着，平静的生活又开始了。

到了红叶的季节，我从未想到红叶竟这般似霞如锦。那锦缎般的质感渐渐深邃华丽，头顶的天空也渐渐变高变蓝，让我心中涌出无上的幸福。这种幸福是免费的。最后，落叶松的金针纷纷落下，秋天也结束了。

我又一次紧紧贴在暖炉旁。

我在大雪里开着车，到农户荒井家去做客。每到冬天，我的朋友就只剩下荒井一家。我说我又感冒了，荒井说："我觉得吧，佐野大姐家就是有点太热了，才容易感冒。"

---

1 岸田今日子（1930—2006），演员、配音演员、童话作家。——编者注
2 长嶋有（1972— ），小说家、漫画家、俳人。——编者注
3 东京国分寺的杂货铺，店主为长嶋有的父亲长嶋康郎。——编者注

幸福美满

我曾经是个沉迷韩国电视剧的女人，几乎一整年都躺在床上，每天看足十八个小时。为了保证十八个小时的观看时间，我还特意新买了电视机和 DVD 播放器放在卧室里。平时我看 DVD 都去店里租，对于韩国电视剧，则会毫不犹豫地整盒整盒买。动完癌症手术后，我看了《冬季恋歌》，当时因为化疗而难受得卧床不起，但我觉得那一年过得最幸福。金钱可以买到幸福。

然后现在回想起来，我顿时作呕。

一年后，我成了白痴。电视剧里演绎的深情让我泪流不止。

"把你口水管一管！"被人这么一说，我才发现枕头上已经出现一大块水渍。

我只知一往情深，全然忘了动脑子。

因为我发现，动脑得不到幸福。

等我反应过来，已经等同于晕厥了一年。

或许，那就像被麻醉了整整一年，还被不断注入了幸福的幻觉。但我并不认为人这一辈子不应该晕厥一整年。经历一切总比什么都不经历更好。我真想夸夸自己，竟然入迷得都快吐了，真了不起。那是一种远远盖过化疗痛苦的快乐。

为何日本的阿姨们会沉溺韩剧？这点我分析不出来。是什么让我感到了幸福呢？首先，我发现自己心中竟留下了凝视年轻俊美男子的快乐，连我自己都吃了一惊。为何我能一直盯着他们看？因为韩剧的节奏很慢，跟足球比赛上一闪而过的贝克汉姆不同。就像色老头盯着年轻美女看，我也成了一个盯着帅哥看的色老太。韩剧里的美男就像地里的洋葱，一拔一个准，永远都拔不完。于是我便自由自在地移情别恋。从《冬季恋歌》的裴勇俊开始，接着是李秉宪，然后元斌，再到张东健……

李秉宪是个多产又成功的演员，但是很费钱。

如此看了一圈下来，我还是认为韩剧的原点在于《冬日恋歌》，便决定结束这项巨额投资。

裴勇俊是个特殊的人物。他不像女人也不像男人，反倒像广隆寺的佛像，喜欢咧着嘴笑，"脱衣有肉"。然后，他遭遇了接连不断的苦难。一会儿失忆，一会儿得脑瘤，一会儿失明。我甚至觉得这个邻国所有人都是受虐狂。故事从头到尾都是三角关系，那个没希望上位的男人像个跟踪狂一样让人害怕。这个邻国的爱情观基本就是我喜欢就行，我的心情只属于我，身体是感情的容器，所以要顺从感情行事，并且绝不放弃。明明在三十集左右就知道自己没希望了，可他还是半夜喝酒流泪，从不言弃。这就跟韩国男足那些人一样，绝不放弃，也绝不忘记。我们做梦都别想让他们遗忘日本曾经的殖民统治。不忘记就是他们的美学。

而且男人也毫不顾忌地拼命流泪。这个邻国似乎没有男儿有泪不轻弹的原则。都说男人抵挡不住女人的眼泪，我则对裴勇俊哥哥的眼泪束手无策。

除此之外，他们对公私混淆的这种事情似乎也毫不在意。

只要是为了爱，无论男女都会毅然抛下同事与工作，让我为这个邻国的生产效率感到担忧。

可能因为这样，连他们的总统都混淆公私。

就算裴勇俊哥哥脱衣有肉，也时刻流露着孤独感。这让人如何是好？我该保护他，还是渴望他的保护呢？那个标志性的背影就这么杵在画面正中央，对面不记得是夕阳还是大海，总之羞耻得很。我心里虽然冷静地想着真够大胆啊，还是控制不住流下口水来。这种羞耻的事情（比如有一部韩剧里出现了一个男人坐在铺着五百朵红玫瑰的心形大床上），日本男人绝对做不出来的事情，裴勇俊却毫不在乎，大大方方地裸露着光滑的肌肤，笑着露出洁白的牙齿。我觉得白种人的眼睛就像玻璃球一样难以捉摸，单看瞳色就感觉是遥远异国之人，那是一种截然不同的迷人之处。韩国人跟日本人外表相差无几，给人一种亲近和安心的感觉，又因为毕竟是异国，眼看着别人干出羞耻的事情，也不会产生目睹自己儿子犯傻的羞耻感，反倒会想多看几眼。可是一旦结了婚，韩剧里的男人就会变得特别蛮横，连崔智友也会变成大阪的大妈那样大吼大叫。所以，那可能就是韩国女人的愿望。而我这个货真价实的日本大妈则渴望着一往情深，正因为韩剧讲述的故事如此天马行空，才会彻底沉迷。

想派上用场

　　世界上有种人必须时刻站着干活，否则就会坐立不安。这些人会得到世人的夸赞："您真是太能干了。"我觉得这些人只是喜欢活动身体，如果让他们在家躺一天，可能要闷死。

　　我有个熟人到了中年才结婚。我问他最喜欢婚姻生活的哪一点，他回答是可以跟喜欢的人一同醒来，在被窝里迷迷糊糊黏黏腻腻，慢悠悠地说话。我太懂了。然而他的对象却是那种一睁眼就跳下床，泡好咖啡哗啦一声把窗帘全拉开的人。他说："别这么着急，在被窝里躺一会儿呗。"他对象说："好呀。"结果他才说起往事没有三分钟，对象就说："好了吗?"他回答："还不行。"又说了一分钟左右，结果对象开始不耐烦地扭动腰腿，他便问："你怎么了?"对象竟含着泪说："我想起床，不如起床吧。"

　　那种人的人生，还有所思所想，我恐怕是一点都不

162

明白。

至今回想起来，我竟然能在小学到大学这十几年间，每天早上都能起床上学，简直不可思议。

我既不磨蹭，也不爱迟到。

四十多岁还会到办公室去上班。

后来我开始在家工作，但是有了孩子，所以每天都会六点半起来做便当。然而在孩子离开家门的瞬间，我就会冲上二楼，钻进还有余温的被窝里。

那种时候的幸福该如何形容呢？啊——这就是活着，我已经死而无憾了。

现在，我一个人生活，而且成了老人。我五点半左右起床，打开电视机，再昏昏沉沉地躺到九点左右。此时再醒来，就会看到电视机上映出金正日之类大人物的脸。然后我起床上厕所，小便的时间比以前长了。一般人完成这个动作后会换衣服，而我会再一次钻进还保留着我的形状的被窝里，一边看朝鲜军队行进，一边呆呆地想事情。他们粮食都不够吃，还要整齐划一地把腿抬到九十度，肯定更耗费能量吧。他们的饥饿到了什么程度呢？是不是像我八九岁时那样？可是我的兄弟姐妹都因为营养失调，稍微感个冒就死了。不过话说回来，最近日本的儿童肥胖真的很成问题啊，该怎么办啊。明明没有人喜欢战争，人类为什么要一直打仗呢？打了好几千年都停不下来，难道不是因为喜欢打仗吗？

每天不管看什么电视，就算是艺人的绯闻八卦，我也能天马行空，最后想到战争为什么不消失。想到这里，我就再也没什么可想的了。

再往下就不是我能处理的内容，于是我磨磨蹭蹭地起来换衣服。

换衣服的时候，我会舔一舔睡衣领子内侧。如果咸了就拿去洗。但是每天都咸。

顺便再舔舔昨天晚上洗完澡换的内裤，也挺咸。于是我把内裤也一起换了，抱起脏衣服打开洗衣机，时间已是十一点半。

我吃了点面包和蔬菜汁，觉得老人真闲啊，于是又打开餐桌前的电视机。

虽然脑子里嚷嚷着我得干活，但实际并没有干，所以真的很闲。

很久以前的一天，我还躺在被窝里，门铃突然响了。我以为是送快递的，开门却看到三个人。原来我把那天谈工作的事情给忘了。后来我便想，以后还是穿看着不像睡衣的睡衣吧。随便一找就找到了好多带裤袜的长连衣裙，我买了好多颜色和花纹的款式，穿上对镜一看，黑色灰色和圆点的款式一点都不像睡衣。上医院的时候，只要在睡衣外面系一条腰带就好啦，真不错，真不错。套上大衣和靴子，我就这么去了医院。如此一来，我终于成了只在睡衣外面披件外套就出门的懒鬼。看来老化让我的天性更放肆了。

于是，我躺在床上的时间就更长了。

有时我也会想，我的人生是否毫无意义。因为我没有为任何人派上用场。像朋友的妻子那样说起床就起床、手脚麻利地做事，不停完成工作，过有意义的生活肯定更好。可是有一天，我突然在被窝里这样想：要是人生有了目的，那一辈子这么短，时间肯定不够用吧。

如果没有目的，一辈子的时间就多得用不完。

有目的的人临死之际一定会为自己未竟的事业感到不甘，他的生涯一定显得很短暂。如果懒懒散散地生活，死时一定会想：啊，真是活够本了。有时朋友会对我说："你赶紧把活干了呀，赶紧的。"可是，干活那么勤快，我不就变成有钱人啦。到死了钱都花不完，那该多浪费啊。

尽管如此，我还是想派上用场。然而老人就是多余啊。

莫名其妙

除了一些特殊的文化圈，大多数男女都被结婚这种制度或保护或束缚着。

生活在这种制度中，男女的维系渐渐被称作夫妇。

这是十分值得惊讶的事情。

电车里的大叔偶尔会揽着一个小姐姐的腰，或是大张着双腿和嘴巴呼呼大睡，一想到他们基本上也有妻子和家庭，那这个世界上真是充满了夫妇。

而夫妇这种关系通常不会出现在社会公共场合，因此很难看见。

夫妇会出现在冠婚葬祭等活动中，但表面添加了对外的表演。

就算是非常亲密、彼此熟知的朋友夫妇，也会用社交礼仪进行一定程度的武装。

我们很难得到审视夫妇关系内涵的机会。

虽然世界上充满了夫妇。

我们却只能像欣赏风景一样打量他们。

连树木、花叶和石头都不存在一模一样的两者，因此也不存在完全一样的夫妇。

试图让他人理解自己夫妇的关系，也极为困难。

我在夫妇关系中待了二十年，可是到第十年就开始摇摇欲坠了。

我花了十年时间走出夫妇关系，那十年间，我一直在欺骗世界。

那是一段无法修复的关系，但有个年轻朋友却说："我的婚姻理想就是成为像洋子女士家那样的夫妇。"我闻之愕然，因为我并没有刻意假装完美夫妇的样子，只是长年的习惯使然。

另外，插足朋友的夫妇关系又是十分愚蠢的举动。

如果听到朋友不断埋怨丈夫，便贸然加入进去，对方必然会生气，甚至会引发怨恨。那对夫妇往往会利用这种怨恨作为润滑剂，成为比以前更美满的夫妇。这都是常识。

夫妇关系很容易从内部破裂，但绝不可能从外部打破。

小姐姐，别跟有家室的人搞婚外情，简直亏大发了。

夫妇间那应该不是爱，而是情。爱会随着年月消逝，情却因年月而愈发坚韧。

所谓夫妇，或许在爱转变为情的那一刻开始。情可以出于习惯，而生活就是习惯。

朋友夫妇离婚后，又过了几年，在一场婚礼上碰面了。婚礼结束时，前夫不小心对前妻说"喂，回家了"，前妻也应着"来了来了"，并真的跟他走了。

我曾经险些对着第二任丈夫喊出了第一任的名字。当时吓了一跳，习惯真可怕。

每一对夫妇带着什么样的习惯生活，其他人无从得知。

可能他们本人也不知道。

因为无从比较。

夫妇会持续。我四十出头的时候，身边的为人妇者全都厌倦了丈夫，只要丈夫一近身，就要破口大骂。

丈夫知道自己被妻子厌倦了吗？我拉住其中一位丈夫问："如果有一天你老婆人间蒸发了，你要怎么办？"他盯着天空看了好一会儿，伤心地说："我会哭吧。"

一位丈夫说："那不可能，因为我超爱老婆。"

男人怎么如此天真呢。

我属于那种早早切断关系的人，不过持续下去的夫妇一旦经过十年，就能发挥出持续三十年的实力来。

过了五十岁关系变好的夫妇，无论他人如何挑拨，都纹丝不动。

那已经超越了爱这个不太地道的日语词。

哪怕里面包含着几分憎恶，那种憎恶反倒让情更加坚韧。而情才是无可言说的东西。

有的夫妇头天晚上闹离婚，第二天早上却开始商量定期存款的事情。

实在是莫名其妙。

夫妇就是要莫名其妙才好。

夫妇不需要科学，世界上还有科学无法渗透的角落，这样很好。

我很喜欢看电视里的阿尔茨海默病节目。我心中固然有自己也相去不远的紧迫感，但还是很喜欢看已经相处了几十年的老头老太带着不为人知的过往，已经变得像破抹布一样了，还颤颤巍巍地支撑着彼此。每当看到那种场景，我的感受就无以言说。

痴呆的老头急了就会打老太，因为已经痴呆了，就算问他"为什么打人"可能也没用。然而老头眼中闪过恢复理智的目光，哼哼唧唧地说："打是亲骂是爱。"我的眼泪一下就流出来了。

我无法理解眼泪的含义和大脑的构造，我只能看着电视泪流不止。

绳文人

　　我觉得，我可能果真是绳文时代的人。随着时光流逝，我感觉自己的绳文程度愈发厉害了。

　　我小时候认为，每个人都是绳文人。

　　其中或许也有文明程度比较高的弥生人，那样的小孩留着寸头，穿着崭新硬挺的衬衫，我们心中半是厌烦，半是艳羡。

　　进入学校后，绳文人也会开始人类进步的历史进程。他们并非独自前行，而是在无法选择的时代和全地球人的裹挟之下行走。我几乎活过了整个昭和年代。

　　我是个目睹过战争的小孩。并非内乱，而是跟从未见过的蓝眼睛粉皮大富翁开战，原子弹落下之后猛然醒来，一脸呆滞，发现整个日本都成了一片焦土，顿时愤愤地想：战争又不是我挑起的。心中万分委屈。

　　由于一开始就不是有钱人，所以战争结束后，所有日本人都成了绳文人，从废墟上开始生产，面朝黄土种植山芋，穿着肮脏的和服也毫不在意。

我们进了学校，好不容易走到弥生时代，却突然被一股压倒性的力量所钳制，不合口味的民主主义跨越了几十年如暴雨般打下来。

然而日本人不知出于什么自负，虽然主张权利，却极其厌恶与权利配对的义务。我们似乎觉得，站在安全无责的立场上高喊反对便是正义。

听说人生而平等——那怎么可能。聪明和美貌都来自天生，人一生下来就不平等。

人有宿命，有命运，而人之道注定是中途放弃，适当拼命。民主主义的发达国家都信仰基督教，自打出生便以上帝与"我"这一个体的独立为前提。然而日本有八百万神明，一直以来都过着面面相顾而得心安的生活，与之截然不同。

暧昧渗透了日本人的身心，日本人一直在暧昧中走来。这有什么不对？

答案始终在黑与白之间的灰色地带自在穿行。

平等不合我们的胃口。

听说父母死后，财产由孩子平分，长子的媳妇就算连续十年不离不弃地照顾痴呆的婆婆，也得不到任何权利。人死了突然冒出来一堆兄弟，闹得上了法庭，难道不感到羞耻吗？难道他们不是因为心中有愧，才拿出法律来撑腰吗？因为我没有留下财产的父母，才会这样想吗？要是我看见一只金属箱里塞满了钞票，或许也无法保持平静。但科学技术并不理会这种小市民的悲哀，以超过光速的速度发展进步，让我已经无法预见它们的未来了。

或许在昭和结束之时，我已无法跟上科技的脚步。如果按过去的算法，到昭和结束之时，我已是闲居老者的身份。但科学进步带来了长寿，我还是得继续活下去。

我不想在超市收银台对着宛如机器人一般发出阵阵嗡鸣，口中念叨"您好，谢谢惠顾，一共二千六百五十日元"的小姐姐买东西。

我想跟菜店老板讨价还价："你这菜颜色不好看，便宜点。""老姐姐，您就饶了我吧。"我也想梳妆打扮一番走过菜店门口，被老板搭讪："今天打扮得这么漂亮，要到哪儿去呀？""嘿嘿嘿。"这样才能让我感觉自己活着。我想在对着按键超过两个的电子设备发火之前，感叹着自己活太久了然后死去。我的传真机有个方形窗口，里面会发出至少五种颜色的光。我明明没有叫它发光，它却不依不饶地亮着"墨盒余量少"的蓝光或"无法接收传真"的橙光。若我一直按某个按键，这东西又会发出闪闪的绿光。我关上门睡觉，半夜起来上厕所，却发现门上的小窗有一阵绿光忽明忽灭。它已经闪了整整三天，我太讨厌那个光了。每次我一定会想：我在幼年的绳文时代，最喜欢的家务就是用柴火烧洗澡水。我会不知厌倦地一直盯着火焰。它先是紫色，随后摇曳出绿光，再变成热烈的橙红，那摇摆的火焰比我看过的任何东西都要美丽，因此我迟迟无法移开目光。

怕冷的我最喜欢待在温暖的火边，哪怕随时有火花蹦出来也无所谓。因为我钟爱那半边身子在火焰的映照下染上橙红的感觉。

我凝视着亘古不变的火焰，仿佛找到了心灵的归宿。

愿我的战争也定格在燃烧狼烟的时代。

女儿节人偶

小时候，我没有属于自己的女儿节人偶。直到六十多岁，我才惊疑："为什么？"

如果能有一张照片，拍到我穿着漂亮的和服，嘴角流着口水，被当时尚年轻的母亲抱在怀里，哪怕只有我的脸模糊了，那也很好呀。然而我并没有。

那段时间应该与我家有过女用人的短暂时期相重叠。

兄长在木地板间铺满了蹿火花的电力机车轨道，父亲还搬了一座滑梯回到家中。兄长甚至有一辆可以在院子里开的小汽车。我有一张照片，他坐在小汽车里手握方向盘，我则叉开 X 形腿站在旁边，留着金太郎一样的西瓜头。

或许，因为兄长是第一个孩子，父亲才对他更用心吧。

然后便进入了战败后的混乱时期，明明家里揭不开锅，父母却扑哧扑哧地生起了小孩。真是难以置信。

一天，年幼的弟弟妹妹在家里淘气打闹，母亲则用纸折了女儿节人偶。

也不知她从哪儿学来的，不一会儿，衣箱上就出现了皇后和三女官[1]。

家里顿时多出了一股温柔而华丽的氛围。

母亲并不是温柔之人。

我当时应该有十二三岁，看到用纸折女儿节人偶的母亲，第一次感觉到母亲身上散发出的温柔，心里特别高兴。那些人偶显然是做给妹妹的，可我就是控制不住雀跃的心情。

然而，只有那一次。第二年，母亲就不再折女儿节人偶了。

第二年，换成我折了。

我很想重现上一年的温柔和华丽，因为当时我已经把自己当成了妹妹的守护者。我折的人偶并不比母亲的差，因为我是个手巧的孩子。然而摆起来一看，我心里却没有了去年的雀跃。

我想，我是希望母亲为妹妹再折一次的。我应该在寻求母亲翻动红色和粉色折纸的瞬间，流露出的温婉与柔情。

---

1 原文为"三人官女"，在女儿节人偶中摆放在木坛第二段，仅次第一段的天皇皇后。女官的工作职责为照顾皇后的生活起居。——编者注

我不知道妹妹是否学会了纸人偶的做法。

二十岁之后，我开始想要自己的女儿节人偶。那段时间，我只要在花瓶里插上一段桃枝，就会强烈意识到旁边缺少了女儿节人偶。我对人偶的期望难以抑制。

二十三岁结婚时，我收到了一套外形圆润的白色茶杯。高脚涂成黑色，一直延伸到圆弧状的杯身二分处。

将茶杯反过来，杯底正好能托住一只鸡蛋。

将两个茶杯摆在一起，底下铺上红布，就成了简约而抽象的女儿节人偶。

再配上瓶中的桃枝，就成了一小片女儿节空间。

在我生孩子之前的七年间，家里便一直装饰着表面光滑、没有眼鼻，宛如拉夫卡迪奥·赫恩[1]《貛》一般的女儿节人偶，并沉浸在自我满足中。七年后，我生下了一个男孩。就这样，我把女儿节人偶彻底忘在了脑后。孩子三岁那年，我亲手做了鲤鱼旗，在小区阳台上斜斜地挂了整整七条。那些鲤鱼旗怪异又夸张，无论谁见到都会心一笑。

孩子长大后，我又想要属于自己的女儿节人偶了。当我来到了想要就能买的立场上，欲望顿时无法克制。我并不喜欢人偶店和百货商场卖的女儿节人偶的脸。

1　即小泉八云，爱尔兰裔日本作家，现代怪谈文学的鼻祖。

没有女儿节人偶的漫长年月，打造了我理想中的女儿节人偶。

我脑中早已描绘出有着圆圆的大脸蛋、隐约可见木纹的一对人偶。

我去京都找寻过，并没有那样的人偶。人偶的脸也随时代变换流行。我不知道该去何处寻觅我心中的人偶。

它们一定不存在于任何地方吧。

三年前，一个做木雕的朋友做了一对人偶给我。它们长着圆圆的脸，带着淡淡的木纹，安静而朴素。人偶的底座由好几种颜色不同的木条拼接而成，令我吃了一惊。我开始想，这就是我想要的女儿节人偶。

当我插起一段桃枝，从木盒中取出我的女儿节人偶时，我这个老太婆顿时生出了少女情愫。

我随即想起了母亲折的纸人偶，心中又蒸腾出淡淡的怨恨。

地米菜快躲开

春天已经过去，眺望庭院，满眼尽是乱蓬蓬的青草。我第一次惊觉：啊，夏天原来会长草啊。每年我都会大吃一惊，然后开始除草。

初春，看到柔嫩的小草细芽，会让我感到春天到来的喜悦。每年都有同样的喜悦。

抬头看向庭树，枝丫上也冒出了嫩芽，绽放着顽强的生命力，令人无比欢喜。我身为人，格外羡慕植物。因为它们每年都能重生，而我即使迎来了春天，脸上的皱纹也不会平展，得到一张崭新的面孔。我每年都愤慨：这多么不合理啊。每当抬眼看见嫩芽，我就深深感到自己又老了一岁。

然后，我会蹲下来拔草。

我一边拔草一边想，为何我会把草分为拔掉的草和保留的草呢，同时手头也不停下，一把一把地扯掉一年蓬。

魁蒿也要拔，问荆也要拔，鱼腥草也要拔，拔完鱼腥草一定会闻闻手指头。魁蒿的气味会让我清楚回忆起女儿节吃的魁蒿饼。如果魁蒿像松茸那般稀少，那我一定会扬扬得意吧。说白了，拔草就是因为草太多。谁觉得多？人觉得多。我一边感慨人真是任性，一边把长到肩膀高的可恶魁蒿连根拔掉。

什么东西一旦长大了都好讨厌啊。我回想起孩子的婴儿时期，那个腿毛旺盛的儿子现在恐怕也变得跟魁蒿一样讨厌了吧。想到这里，我又狠狠将它连根拔掉，又挖起了酢浆草。酢浆草开出了可爱的黄色小花，长着细细的根和叶，还死死扒住这个地球不愿松开。我抓住丝线一般的细茎，小心翼翼将其剥离，将根系扯离地表的快感让我感到特别畅快。

世上的确存在这种女人啊。平时看起来楚楚可怜，好像身子骨羸弱，实际却皮实得很。那种人看着不起眼，粘上了却很难扒掉。那女人应该是酢浆草吧，如果我变成草，肯定不会是酢浆草。我漫无边际地想着，拔掉了地米菜。说不定我就是地米菜啊，不是说地米菜是穷人草吗。听起来感觉特别没教养，而且不怕风也不怕雨，仔细一看还开满了可爱的小白花。但是再仔细看，就会觉得地米菜的花像尘芥一样。

随后我又想起来，小时候我经常把地米菜的三角形小叶子往下捋，整株都捋完了还放在耳朵边上晃。因为我特别喜欢那种细小的声音。小孩子这么玩儿的时候，肯定都蹲在地上呢。而且我朋友也蹲在地上，默默地做着同样的事情，还把自己的地米菜放到我耳边说："你听!"明明都是哗啦哗啦的声音嘛。那孩子是谁来着，我现在一点都想不起来了。不知为何，我就是提不起劲头再做一遍儿时的游戏。因为满地都是地米菜，我只顾着将它们赶尽杀绝，顾不上感伤童年了。嘿!嘿!我果然是个毫无情趣，把花看作尘芥的人啊。我果然是地米菜啊。嘿!嘿!我一边觉得自己跟地米菜命运相似，一边在附近找到了已经开完花的铃兰叶子，欢呼原来你在这儿啊，总算找到了，还好没有一脚踩上去。于是我对它无比爱惜，又觉得地米菜真的很碍事，恨不得它们赶紧躲开。我对铃兰爱护有加，给它浇水施肥，用饱含爱意的目光凝视着它——对啊，就像男人爱看美女一样。抬头一看，芙蓉开出了娇媚的白色花朵。这种花更漂亮更华丽呢，如果我是男人，肯定是那种不用心发现铃兰，而想跟华丽的芙蓉花睡觉的单细胞男人。那也没办法。嘿!地米菜快躲开。

有种东西叫咖啡厅

从一岁到十岁的时光，漫长得如同永恒。因此幼年时代就是永恒。

长到六十五岁，再回顾此前的十年，已经短暂得如同一瞬。

因此，十年前的记忆对我来说如同昨日，几近空白。我的人生如同虚无，昨日的十年前已经模糊得如若往昔。昨日如若往昔。

我想，十年前还没有星巴克。

那时还有许多咖啡厅。

咖啡厅让各式各样的人生，还有那个年代的世事变得透明。

或许在二十年前，我旁边的座位上坐着五六个男人。无论何时，我坐在咖啡厅里都会侧耳倾听。

"都跟你说了，每间房的利润应该再往上提，这种事只要简单计算就能算出来了。"

"可是啊……""都说可是，事情就做不成了。现在不都已经赤字了吗，哪里顾得上那么多可是。"也不知他们在谈什么生意，那几个人个个都是文质彬彬、品格不凡的样子。"上头太古板了，你不知道现在赤字最大的地方是哪儿吗?"这个经营者好像很有些本领。

"所以说了，应该把小儿科全都撤掉。"

原来是医生啊。

不过小儿科应该撤不掉吧，毕竟医者仁心。

那个强烈建议撤掉小儿科的男人突然变得面目可憎。

时光飞逝，小儿科真的几乎没有了。

现在我上医院，都会想起那天在咖啡厅里碰到的男人。那人果然是个狠角色。

大约十年前，我跟一个比我小了有三十岁的男人坐在光线昏暗得恰到好处的咖啡厅里。

我出于习惯，选了咖啡厅最角落的座位。因为坐在最角落能看到整个店铺。座位正好空着。角落虽然光线昏暗，不过门口附近有一扇窗。窗户上装饰着好看的格子，不知怎么弄的，边缘还镶了一圈绿叶。那个绿色的方框里照进的阳光格外耀眼。窗边的座位上坐着一对年轻男女，那是随处可见的约会中的情侣。

我面前那个年轻男子一直在说无聊的话题。我很羡慕他那无聊的青春，我的阿姨脸上可能也露出了高兴的神色。年轻男子突然用闪闪发光的眼睛看着我说："天哪，你快看。不要突然转过去哦。"说完，他原本看着我的眼珠子猛地向右边甩了过去。

我缓缓瞥向左边，也就是他的右边。

那是一对约会中的男女，男人整个趴在桌子上抓着女人的手，拼命对女人说着什么。女人把手抽回去抱在胸前，男人依旧保持着趴在桌上的姿势，说个不停。

"哇，这可是被甩的瞬间啊。"我面前那个年轻男子突然变成了热衷综艺节目的大妈。

男人外貌俊朗，散发着一股大户人家少爷的清洁感。女人也很有知性，穿着简单的白毛衣和黑裤子，任谁来看都像高贵典雅的大小姐，丝毫不像街头混的女孩子。

"那家伙没希望了，女的肯定已经有新对象了。"

"是吗，可他看起来很老实，人很好啊。"

我们两人都斜着眼珠子说。

"我觉得他们很般配。"

"不，女的肯定有别人了。"

女人抱着胳膊一言不发，男人双手搭在桌上，背部开始抽搐。

"你瞧，都哭了。"

"等着瞧吧，女的马上要走了。"

果然如此。女的很快站起来，没拿小票就姿态优雅、头也不回地走了出去。

"他们喝茶的钱还要男的出。"

女人站起来时，男人徒劳地伸长了搭在桌子上的手。

紧接着，他一头撞在桌子上，背部耸动得更厉害，还发出了声音。

"呜呜、呜呜……"

"青春啊……"我面前这个男人其实比哭泣的男人更年轻。

"是那个女的不好。""你怎么知道?"其实我也知道。那个女的不好，而且是最难搞的那类人。因为恶女披上了天使的皮囊。

"五月啦……"我面前的男人说。

男人沐浴在绿色窗户透进来的阳光中，泣不成声。

那是绿叶和阳光衬托下的青春一瞬。我们这些旁观者难以分辨真实，然而，人总会随心所欲地编造故事。会有人在星巴克分手吗?

猫与小判 [1]

我不知道何谓成功、何谓失败。

我的辞典里没有完美和绝对。

我也没有梦想和希望。

今天比明天更重要，当下已经足够让我忙碌，一旦闲下来，我就会像牛一样呆呆地反刍过去的事情。

曾有人说我是个全速倒车的人。

虽然我的人生充满了遗憾和荒谬，但我重生一遍还是会做同样的事情，所以我并不想重生。

我还干过把钱扔进水沟里这种蠢事。

我送人去参加出版派对。我穿了一双塑料凉鞋，和自己剪短了裤脚的牛仔裤，还有黑色男装毛衣。我在会场门口放下朋友，发现一个认识的编辑，被他不依不饶地邀请

1　日语中的俗语，指对牛弹琴，不懂物品真正价值之所在。——编者注

进去。我觉得穿成这样不太好，便把车开到晚上八点的青山大道上，找到一家服装店冲了进去。

我让人脱掉最前头那个塑料模特身上的西装，拿出底下那件黑色毛衣，在试衣间踩着自己的脏衣服换上了。"你们这儿有黑丝袜吗？""有黑鞋子吗？"竟然都有，这家店真了不起。由于我没带钱，就把卡拿了出来。

哎？哎？三万九千这么便宜是不太可能，可是三十九万也太夸张了吧？这有可能吗？

我愣愣地看着数字。

我对奢侈品牌一无所知。那天我进的店叫 Max Mara。

那身衣服我穿一点都不好看，但是朋友们都传开了"洋子的 Max Mara"这个笑话。后来我再也没穿过那身衣服。

森罗万象

——答"我认为最色情的东西"之调查

我觉得,这个问题不太对。

世界上真的存在最色情吗?

森罗万象皆色情。

比如到海边去。

哗啦啦的海浪带着白色泡沫,像手指一般在沙滩上游走。

哗啦哗啦哗啦。

那手指就像捻起了蕾丝花边的衬裙,缓缓收回。

离远一些看,水面扭捏着凑了过来,就像与男人幽会的女人心境。

太阳西沉。

白云染上了血色,镶着金边。实在太色情了。

一阵风吹过,撩拨着手臂上的汗毛。

定睛一看，砂土上的小草开了许多黄色小花，用细微的性器官张扬于世。

远方传来孩子的声音。

是谁生了他？

"吃饭啦——"又听到了母亲的声音。

那位母亲……我不说了。

艺术都是……我不说了。

话语这种东西……我不说了。

宇宙……我不说了。

小林秀雄奖获奖感言

我竟能得到如此厉害的奖，想必大家都很震惊，而我其实最为震惊。我觉得小林秀雄应该要气死了，好在他已经去世。

中泽新一[1] 老师以他的伟大知性和宽容，竟然与我这样的人同列，我要恳请他原谅。[2]

这么值得庆祝的事情，以此为动力，未来自然应该更加努力发奋，然而我毕竟年纪大了。而且正如各位所知，这本书不能对任何人任何事起到作用。尽管如此，我还是要衷心感谢把它做成书的筑摩书房的土器屋先生。另外，各位评委，请不要突然回过神来，发现自己发奖发错了人。

1　中泽新一（1950—），思想家、人类学者。——编者注
2　第三届"小林秀雄奖"获奖作品为佐野洋子《没有神也没有佛》和中泽新一《对称性人类学 Cahier Sauvage Ⅴ》。——原书注

我是一名绘本作家。如果要谈论绘本，我还是有点自负的。然而在写文章这方面，我就是个彻头彻尾的外行。我并没有想写的东西，也没有自认必须写的东西。我读过很多书，但是并没有那么高的文化基础和接受能力去深受某个人的影响。非要说的话，最能让我受到冲击的文字来自山下清[1]。可是，我并没有与生俱来的特殊之处。我一直梦想着像他那样不情不愿地写作文，让灵魂如同赤裸的肉体一般暴露在世间的风潮中。

我有一个九十岁的痴呆母亲，现在已经不认识我了。前些天，我躺在母亲床上问她："妈妈，爸爸呢？"她回答："哎呀，我已经好长时间什么都不做了。"她说的什么是什么呢？母亲生了七个孩子，想到她的人生，我就感到劳累。"唉，好累呀。妈妈累了吧？我也累了。不如我们一起上天堂，好吗？你说，天堂究竟在哪里呢？"母亲压低声音回答："哦？说不定就在附近呢。"

今天非常感谢大家。

1　山下清（1922—1971），昭和时代知名画家，有"流浪画家""日本的凡·高"之美誉。——编者注

IV

单行本未收录散文

解 说

川上弘美[1]《神明》解说

　　听说是弗洛伊德发现了潜意识。我怀疑那不是发现，而是发明。不过现在，好像随便什么人都能面不改色地把"潜意识"挂在嘴边了。心理学家和有学问的人还会用听起来更高级的"潜在意识"，而我身为一个白丁，把"潜在意识"挂在嘴边实在有些不自然。不过"潜意识"这个词就像每家每户都铺设了水管，只要拧开水龙头就能出水一样，是分配给所有人使用的东西。比如不小心把钱包跟黄瓜一块儿放进冰箱了，可以解释"这是潜意识之举"，也可以自嘲"看来是老年痴呆了"，实际只是一时不注意，或是性格丢三落四，或是心不在焉，在动歪脑筋而已。不

1　川上弘美（1958—　），小说家，曾获芥川奖。代表作《老师的提包》《踩蛇》《神明》等。——编者注

193

过，搞不好真的是老年痴呆的征兆。最让人头痛的是吵架的时候。哪怕坚称"我绝对不会有那种想法"，对方也可以反驳"肯定是你潜意识的愿望流露出来了"，这下就再也回不了嘴，只能在心里大喊"太卑鄙了"。潜意识要是再被口齿伶俐的人说出来，我这样的就只能像被欺负的小学生一样泪眼婆娑。"你潜意识中带有身为长女的特权感，凡事都喜欢压别人一头。""你潜意识中带有对自身容貌的自卑，并且会用以攻击自己见到的美女。""你不也在潜意识里对男人百般谄媚吗？而且还性格扭曲，遇到喜欢的男人就会恶意欺凌。"

我很想说根本没有那种事，然而我毕竟像个没有意识的死人，只能含着眼泪委屈地骂："你、你好卑鄙！"要么就假装大度地承认："啊，是这样呀。""哦，原来如此，谢谢你提醒我。"

更何况，我自己也时常把"潜意识"当成武器来定义别人。在弗洛伊德发现这个词的几千年前，要是东西不见了，人们就会说"神隐"，别说是黄瓜，就算一个大活人失踪或是被拐走了，也会被归结为"让天狗抓走了"。至于精神疾患，都是"物怪"附身，要做加持祈祷[1]才能管

1　指请求神佛护佑自己远离疾病、灾难。——编者注

用。我并不是说那样更好，而是感慨"潜意识"的发现改变了人们对这个世界的看法和对自身的认识，也改变了共同体和社会的内涵。

可是我认为，人的内心深处是个无法完全剖析的广阔宇宙。

由于我是个白丁，说这种话自然不可能正确，不过，潜意识的发现似乎始于"梦"这种不可思议的现象。

那么，我还是要认为弗洛伊德很厉害才对吗？人都会做梦，这实在太难以解释了。我总在梦中吓一大跳。

清醒的时候，就算想碰到让人吓一大跳的事情，也不那么容易如愿。可有的人还是想吓一大跳，于是会付钱看一场电影，用以代替做梦。我的梦无论从规模、意外性、绚烂程度和支离破碎感来看，都像梦一样，但这并非取决于我的能力，只是运气好了就会做梦，运气好了梦里自己的屁股就会变成蟠桃，我还顶着那个光溜溜的蟠桃在天上飞，等我回过神来，那个变成蟠桃的屁股竟飞快地朝着绿油油的巨型毛栗子壳坠落下去，并且在两者接触之前把我吓醒（这算不上运气好）。要是运气不好，我在梦里会杀人分尸，把尸块装进黑色垃圾袋里，装在板车上彻夜彷徨于昏暗的荒原，最后累得醒了过来。由于梦境的脚本无法更改，我只能徒劳地啊啊大喊。如果觉得梦就是这样的东西，我感觉自己也能像演员今日子小姐那样做自己想做的梦了。听说每次做那样的梦，她都在睡觉前就有所预感。而且，如果她想继续做昨天那个梦，还真的能做到。我并不羡慕别人锦衣玉食，但打从心底里羡慕今日子小姐对梦境的控制力。

不过，现在又出现了比她还要厉害百倍的人。

那就是川上弘美女士。我私下并不认识川上女士，所以说的是她的作品。因为我已经是个老太太了，不怎么会读年轻人写的小说。以前的小说基本上是男人跟女人睡觉了，然后世界变成了地狱。可是近来的年轻人好像不喜欢地狱，就光是睡觉，然后避开地狱，来到了潺潺流动的春天的小溪，得到清澄透明的心境。哪怕失踪的恋人总算回来了，男主角也只用一句"那太好了"做总结。这样怎么好呢，不是应该连话都说不出来吗？不是应该心里高兴又特别不愿意表现出来，最后变成了发出胡言乱语或是做出奇怪的举动，比如突然拿起了吸尘器之类吗？我并不想产生这种想法，因为这么想让我觉得这是因为自己已经成了老太婆。

我以前没读过川上女士的书。但是翻开《神明》只看了一行，就忍不住想："啊，这是梦。"这本书实在太有趣，我读得停不下来。第一行就让我忍俊不禁了。

"熊邀请我去散步。"我笑了，那一定很好玩儿吧。我看着别人的梦，仿佛那是自己在做梦，中间一直哈哈笑个不停。

壶里冒出一个年轻女人喊主人，哈哈哈哈，我又笑了。

书的内容仿佛都是梦境，我读起来就像做梦一样。

由于我不是今日子小姐，所以从未做过同样的梦，但是书本可以留下文字作为证据，因此可以反复梦见。

我不知道梦在什么地方。如果说是潜在意识，那么它潜藏在多深的地方呢？所谓深处，是指身体的下方，还是大脑的深处呢？莫非是地球中心？梦醒之时，我总感觉梦是从头顶降落下来的，因此不该由我来负责。我又感觉梦就像沼泽里冒出的气泡一样。可是，梦一定存在于某个地方。美梦恰似天降之籁，噩梦则如暗涌之流。

川上女士是那种能够找到入口并面不改色大步走进去的人。

她走进去，爱待多久就待多久，待够了就随时回来。正因为玩得透彻，才会观察入微，观察入微之后就会发现，原来梦竟会这样令人发笑。就算细节翔实，梦里的东西也没有实体。眼见似有其实，实际则不然。没有实体是一种深切的痛苦。我们的梦只会从天而降，因此不得不被动接受，但川上女士可以用笔来支配一个梦境。她能像雕刻家一样用凿子雕刻出一个异度的时空。我从未见过这样的小说家，也是头一次读到这样的小说。

人类的容器大小也就一两米，并不如哥斯拉那般庞大。

就算切开肉体，也只能看到肉、内脏和骨骼，双眼看不见灵魂的处所。

外围的宇宙广阔无垠，人却连自己家周边都未能知晓透彻就要死去。可是，一个人的内在宇宙跟外界宇宙一样广阔无垠，深不见底。那不是收纳于体内之物，而是在心灵中生存了亿万年，拥有无数个仙女座星云。而我们同样对此未能知晓透彻，便要死去了。

弗洛伊德对潜意识的发现，或许等同于发现流星是陨石坠落吧。

川上女士总能若无其事地大步踏进产生梦的灵魂处所，在那里尽情玩耍，然后干脆地归来。她用一支笔让我们看到了自己做不了的梦，令我获益匪浅。

我总想看看别人的梦，是川上女士的小说，让我实现了这个不可能的梦想。

不仅如此，川上女士还完善了我的梦境的细节。当我大吃一惊猛醒过来，呆然坐在床上，总能回忆起曾经做过的许多梦。比如白色狮子跨过河川，来到对岸坐在我旁边，跟我一起眺望流水。我心中高兴又激动，不断偷瞥白狮身上闪烁着银光的毛发。那头狮子好像喜欢我，周围又吹着风，感觉分外惬意。就在那时，一个孩子呼唤"我肚子饿了"，将我拉回现实。如果换作川上女士，她一定会高高兴兴地与白狮玩耍，尝试各种事物吧。比如跟白狮住在一起，那头白狮又特别害羞。我对梦里的白狮说，你快去找川上女士玩儿吧。又有一次，我横抱着高大的男性朋友，不知为何拼命奔跑在西方的坡道上，当我回过神来，我怀里朋友变成了铁块，还生出红色的锈迹，眼看着变化成了巨大的阳具。

如果把这样的梦境告诉别人，再被人用弗洛伊德的方法来解析，我恐怕就成了一个好色成痴的女人，而且潜意识中塞满了色情的东西。因为我不喜欢这样，所以也讨厌别人张口闭口谈论潜意识。人正是因为可以看到快乐或恐怖的梦境，才能安心生活下去。所以我看到一个很出名的人评论川上女士的小说"描绘了年轻女性的潜意识世界，我要为她的才能致敬"，觉得那好像把撒哈拉沙漠的沙子用手帕包起来，指着手帕说这就是撒哈拉沙漠一样，令我气愤不已。

不如，让我梦中那个生锈的巨大阳具也去找川上女士玩儿吧。

6 球超能

　　二战结束后，父亲买了一台名叫 6 球超能的收音机。我们住在一个只有四户人家的小村落里，那是村里唯一的收音机。

　　每天，我顺着弯弯曲曲的山路步行四十分钟从学校回来，远远就能看见那个小村落，还能听见我家那台收音机发出的微弱响声。

　　因为在周围地里干活的人，都要听我家的收音机。

　　旷阔的田野上隐约回荡着收音机的声音，反倒显得更加静谧了。

　　晚上，屋后那家人的叔叔会过来听浪花节[1]。

　　叔叔会笔直地坐在我家外廊上，认认真真地听浪花节。

　　我不知道浪花节唱的是什么，只觉得它哼哼唧唧，听

1　又称"浪曲"，日本大众曲艺，以三味线伴奏的说唱歌曲。——编者注

起来非常痛苦。

我感觉那个叔叔跟浪花节已经融为一体，怎么都分不开了。

浪花节唱完后，叔叔会恭敬地朝我们家行礼，然后转身回家。那个叔叔几乎从不说话。

现在已经没有人会像他一样正襟危坐、全神贯注地听收音机了。

有个叫"中午休憩"的农村电台节目，每天都播放同一个主题的音乐。

那个音乐响起时，我可以看见门前地里耕作的人，还有远处的富士川河岸，以及崇山峻岭。那是无论在家中还是门前都能看到的光景。每一天每一天，都是同样的光景。那段正午时光显得如此空旷而静谧。

一天，山路尽处出现一片水田，我走到了可以远眺家中房屋的地方，发现一个阿姨撅着屁股趴在水田中央。她绕着那个地方不断地转圈，嘴里念念有词："很深哦，很深哦。"我吓了一大跳，战战兢兢、轻手轻脚地走过了水田边的小道，转头拔腿就跑。

我一口气跑到了家里。外面干农活的人都聚在我们家外廊上吃便当喝茶。我指着来时那块水田，对母亲说了刚才的事。

吃饭的人和我们母子俩都朝那个阿姨四脚着地的水田

望了过去。阿姨已经走到山路上了。

　　"那是狐狸，又让它给骗了。那地方经常闹狐狸，还能泅河呢。"一个叔叔说。广播里一直播放着"中午休憩"的音乐。

　　前不久，我听见广播里又传出了同样的音乐，感到非常吃惊。原来这三十多年来，广播一直在同样的时间播放同样的音乐啊。

　　我还记得当时那个四脚着地在水田里爬的阿姨，以及她身后小小的我家房子。听到那个旋律，我恐怕只能想起这个光景了。我又一次体会到了那种空旷而静谧的感觉。

我是个坏母亲

我是个没出息的母亲。

朋友曾经恶狠狠地说："本以为你这人不错，谁知一遇到孩子就让人不忍直视，不，我根本看都不想看。"朋友说的前半句我很受用，然而正因为如此，我才是个不堪入目的母亲。连孩子都对我说："你做人还算可以，做母亲的时候就很难看了。"孩子说的前半句我很受用，然而这句话出自让我变得难看的那个人，实在是太羞愧了。正因为如此，我什么都说不上来。但是把话说开了，我觉得孩子不是父母养大的，而是自己长大的。孩子反过来会培养父母。如果我没有孩子，如果我的孩子是好孩子，我肯定直到现在还是个十分讨厌的人。如果孩子是好孩子，我可能会觉得自己是个聪明贤惠的母亲，把孩子的好，错当成自己教育的成果。

孩子青春期疯狂叛逆时，我每天都要以泪洗面。我觉得那都是我的错，是我人生的全部把孩子变成了那个样子。所幸，其他所有人都说那是我的错。真是太感谢了。但是一个人说："什么都是你的错，想得太美了。如果你觉得自己对孩子有这么大的影响力，那是在侮辱孩子的灵魂。他现在正处于长大成人之前的混沌状态，你把他想成如此弱小的人，简直太失礼了。"可是我太笨了，心里难以认同，只会不断责怪自己，不断摇摆不定、战战兢兢，每天都生活在不安中。我所做的一切都会形成反效果。然而，我就是停不下来。

有一天，孩子突然正常了。那并非因为我奉献了所有的母爱，而是孩子找到了父母以外值得爱的人。我惊呆了。然后，我五体投地感谢神明："谢谢你赐予那孩子爱人的力量，谢谢你给了他如此伟大的力量，真是太谢谢了。"我真的很高兴。呵呵呵，虽然他爱的并不是我。人在爱上人的一瞬间，就会变得极有人味。我想，这下我就能放心了，我的使命终于结束了。然后，他将开始行走自己的人生。回想起来，这个孩子给了我十分快乐的人生。不为别的，只因为孩子很可爱。无论什么事，孩子都让我觉得很可爱，所以现在回想起来，我都会痴痴傻笑。我气不过孩子一直盯着电视机，就把电视机扔到外面去了。结果孩子拉出长长的电源线，趴在地上看电视。换作现在，我已经能为此发笑了。

"你这么不听话就给我出去。你身上穿的衣服全是我买的，都脱下来滚出去。"孩子脱掉内裤，光溜溜地跑到了农田里。我一点都不觉得可爱。那是个全身赤裸的八岁男孩子。我觉得，只要孩子拥有爱人的能力，那就足够了。不管是男孩子还是女孩子，他们都要掌握与所爱之人活下去的能力，还要赚钱，并守护他人，与人为善。为此，我做了什么？我什么都没做。我只觉得孩子可爱，一直都是个愚蠢又失败的母亲。

强壮的巡警

　　我的住址虽在东京都，房子却建在深山里。两座小屋在山中紧紧依偎着彼此，周围全是树，从车道到房子之间没有一盏灯，在无月之夜犹如泡在墨壶里。门前也全是树，更是凝聚成了浓稠的煤焦油似的黑暗。房子旁边有个大停车场，那里也一片漆黑，夏天若是有初中生跑过来玩烟花，我反倒乐于见到点人气，可见这里是个孤寂又怪异的地方。

　　一天晚上我正在看电视，新闻报道有大量枪支被走私到日本，我就把电视关了。周围理应是一片静谧，可就在那时，突然听到"砰"的一声，接着又是无尽的静谧。我觉得那很像枪声。如果听错了会很丢人，我就给隔壁打电话，结果隔壁的姑娘也说听见了声音。我有点兴奋地拨通了110，不到五分钟，外面就传来警笛声，一个特别高大的年轻巡警来到了我的家门口。人一穿上制服就显得很能打啊。而且他还是个好男人，值得信赖。日本警察真是世界第一。

听完我的陈述，警察断言："什么都没有，啥东西都不存在。"现在包括等待时间都还没过去五分钟，难道他已经飞快地调查过了？虽然很可靠，但也有点可疑。当时是晚上十点，我那天突然特别害怕，便想到隔壁待一会儿。于是我说："警察先生，请陪我到隔壁去吧。"他脆生生地应道："是！"来到隔壁屋门口，巨人一般强壮的警察先生打着大号手电筒上下左右照了一遍，然后说："这里好吓人啊。""不过白天是个特别好的地方。""再怎么好也那个啊。"他又照了一圈，"对了，以前有人在屋后上吊过呢。""啊?!"那个瞬间，我头一次看到了人脖子上起鸡皮疙瘩。原来每一颗鸡皮疙瘩上都长着汗毛啊。"你到后面去看过没?""没有，不用去了。"什么不用去了，你不是警察吗，这会儿装什么怕鬼的良民啊。

我在一片漆黑中赏脸送他走到了停警车的地方。

生蛋了

父亲第一次注意到我，并且对我产生了极高的期待与钟爱，是因为一坨大便。我对自己那时的大便毫无记忆。

我父亲说："这家伙能成大人物啊，大便真够粗的。"

啊，大人物。这已经算是死语了。就连没有"大"的"人物"也已经成了死语。这怎么会是对三四岁女孩儿说的话呢。我现在仍记得幼时听到那句话的复杂心情。自己拉了这么粗的大便，究竟该高兴还是羞愧呢？

兄长天生体弱，一年到头都在拉稀。母亲每次见到兄长上厕所必定会问："娃呀，今天稀吗？"兄长每回都老老实实地回答稀或不稀。听到稀这个字，母亲就会露出绝望的表情，变得坐立不安，令我十分羡慕。因为她从没有问过我的大便状态。

我打从心底里希望自己也能拉出稀大便，以获得母亲的担心。可是在我一岁那年，我一手拿着炸牛蒡，一手拿着冰激凌交换着吃完了，到最后也没拉出稀大便来。这已经成了我们家的传说。不知为何，每次提起这个传说，母亲就会愤恨地看着我，而父亲则会骄傲地看着我。我与母亲一生的纠葛，恐怕就始于大便吧。

拉不好大便的兄长十一岁就死了，父亲也在我十九岁那年死了。

以前那种厕所很适合观察大便。我父亲竟然能拉出断面是方形的大便。

一次，我跟父亲交替走进厕所，看见了冒着热气的方形大便。父亲可能有痔疮吧。

拉稀的人和拉方形大便的人都容易早死吗？

如此这般，我几十年间从未忧虑过大便的问题，也从未遇到过拉肚子、便秘这些事。岁月让我长大成人，却一点都没有让我变成大人物。不得不说，凭我的大便期待我能成为大人物的父亲，能早死可能是一种幸福。

不过，我有时也会感叹自己的大便之完美。比如高高盘绕的大便，尖端耸立，笔直朝着天空，就像软冰激凌的模样。一次，厕所里还出现了平假名"う"形状的大便。

我冲了一次水，它就变成了"い"。

当时我意已决，明天开始要拉出五十音来。"お"和

"あ"都画得很完美。不过，这种事又能跟谁说呢？要是提出证据，恐怕会遭人讨厌。这只能成为我一个人的密室艺术，最后徒然顺水而逝。

我已经忘了五十音的进度。最后制作了G音名，我便给这门艺术打上了休止符。

我想，一定是我拉出大便的器官长得好。我每次只需做个擦屁股的动作即可，因为纸上不会留下任何痕迹。可是几十年后，我的大便天堂出现了混乱。

我便秘了。难以置信。后来我想，那可能是神经失调的初期症状吧。当我患上抑郁症，便秘和失眠夜同时到来。整整十年间，我都在服用抗抑郁药、通便药和安眠药。我最后悔的是没有关注抑郁症的原因，而使用了抗抑郁药企图与症状对抗。

种种挣扎过后，我患上了严重的自律神经失调。

我觉得，自己的人生仿佛在那一刻断成了两截。要是不吃通便药，我的大便可能十天十五天都毫无出来的迹象。

我在药店买了中药制剂，按照六倍剂量服用都拉不出来。后来我改为每天服用包在糯米纸里的绿色番泻叶粉，如此好不容易挤出来的大便已经难以称为大人物的大便了。

那是一种黏糊糊的物体，仿佛婴儿断奶食品里面混入了墨汁和绿色颜料的颜色，丝毫谈不上形状，就像一团胶质。

我浑身疼痛，辗转反侧，依旧坚持服用番泻叶粉，且把大便排出来再说。

全身的神经都乱了套，无论发生什么，都犹如地动山摇。

人的大便真臭。拿破仑的大便和吉永小百合的大便肯定也臭。可是，我的大便却没有了大便的气味。我排的都是没有一丝气味的糨糊一样的大便。别人可能会以为我的神经症影响了鼻子，可我像犯了妊娠反应一样，觉得米饭气味闻不得，一看到刚煮好的热乎乎的米饭就会犯恶心。我想至少要在泡澡的时候（因为我觉得泡澡随时可能要了我的命）用用气味馥郁的香皂，便买了三宅一生的宝石一样的香皂。我很喜欢那个气味，而且还买了古龙水。所以，我的鼻子没有问题。

所有人都厌恶大便的气味，连自己拉的大便也只是堪堪忍受。因为它的气味，大便有了与其他物质决然不同的属性。拉出没有气味的大便时，我心里还挺高兴，但很快便感到背后一凉。啊，莫非我终于开始脱离人的属性了？我身体里究竟发生了什么？我从未见过，从未读到过，甚至从未听说过没有气味的大便。我是否还能在排便之后看到别人想走进厕所，慌忙说出"不行不行，先散散味儿"呢？

没办法，我只能且行且看。可是我丝毫顾不上为没有气味的大便烦恼。因为我的身体仿佛被尖刀、钝器、炸药、虎钳等种种凶器侵袭撕碎，遭受着连声音都发不出来的苦痛，只能像肮脏的虫豸一般满地打滚。

我从来不知道世上还存在没有气味的大便。我以前真不该为父亲的方形大便感到惊讶。

整整两年半，我排出的都是没有气味的大便。

在我化作毒虫已经过了六个月的一天。

我排便之后，不经意间回头看了一眼厕所。暗绿色的糊状大便在厕所里蔓延着，其中混着一段好似白色粗绳的，长而卷曲的圆形物体。大约有一公分粗。我以为那是蛔虫，可是它比蛔虫还粗，而且又长又卷。啊，一定是绦虫。我的神经坏掉了，脑子也坏掉了，可不知为何，我就是坚信自己的身体不会出现异常，也不会再得别的病。我低头看着那一段绳子，心里念叨着："怎么还染上了绦虫。"仿佛遭遇地震后又被黄蜂叮了。

没办法，只能放弃了。我只在学校保健室的科普海报上见过绦虫长什么样，只知道绦虫拉出来以后，留在身体里的部分依旧活着，而且还会继续长大。好讨厌啊。海报上的绦虫有细密的肢节，可是，厕所里那段绳子却通体光滑。我凑过去，仔细打量着那条长管。这到底是什么？我找来一次性筷子，戳了一戳。

那不是生物，而是一层厚膜，就像很厚的香肠皮，又厚又韧，怎么戳也戳不开。手感有点像橡胶，仿佛又细又长的避孕套。那里面装了什么？我用力一戳，总算戳开了。里面竟然是大便，而且是暗绿色的胶状大便。那段管子里竟装满了跟外面那一摊糨糊大便同样的大便。

我顿时腿软了。人能拉出这样的东西来吗？这在医学上到底是什么现象？有没有医生见过这样的大便？如果可以，我真想把它原样保存起来交给什么研究机构，然而我当时正漂在太平洋的海面上。我在坐船。因为我的神经和脑子都出了问题，实在不堪忍受，便用坏掉的脑子做出了判断，觉得找一个提供饭菜，还能看见太平洋灿烂海面的地方，说不定能让神经被那片广阔的大海欺骗，走上康复之路。

我在太平洋表面拉出了一段绳子一样的白色大便，只顾着凝视那诡异的大便灌肠。如果不看实物，恐怕没有人会相信。外面这层坚韧的膜到底是什么？里面为何塞满了大便？而且还有足足一米长。我拉出这么一段东西，也没有马上就要死掉的感觉。虽然觉得可惜，但我还是把它冲了。它一定被排进了太平洋，随水而去了吧。我多少有点期待第二天也能拉出一段绳子，但是再也没有过了。仅此一次。连太平洋都没能欺骗我的神经，我的病情反而加重了。原本四十天的行程，我在第十一天就打道回府。

随后又过了几个月。

我在家中继续着毒虫生活，全身疼痛，顾不上关心大便。

我得过胆结石，还做手术在肚子上开了二十公分的刀口。我生下脑袋特别大的孩子时，惊觉世界上竟有这般的疼痛，但是后来我才发现，那根本不算什么。我可以再生十个大头娃娃，可以再得胆结石被救护车拉走，只要我的神经能够不再折磨我。

那天朋友来了。家里有人能让我分散一些注意力，所以我总会不分对象地叫人过来，可是这样过了一年，我的朋友已经用尽了。最后依旧愿意陪在我这个毒虫身边的朋友，只剩下一个人。

她每周一定会来住一晚上。

"够了，你也有工作，肯定不想看到我这不讨人喜欢的肮脏毒虫吧。"

"好人做到底，送佛送到西。要是你死了，只要记得在弥留之际跟我详细说说那是什么感觉就好了。"

"可是这种病除了自杀没别的死法啊。浑蛋，我绝对要治好它。"

我四脚着地爬到厕所去大便了。我从厕所出来后，对朋友说：

"我生蛋了。"

"啊？你没冲掉吧。"

"你要看吗？"

"要看要看。"

"真的要看？"

朋友一把推开我，走进了厕所。我躲在朋友身后探头看着自己生下的蛋。两人蹲在厕所边上，静静地凝视着它。

有时候杀鸡，能看到腹腔里裹着好几个圆形的卵黄。我拉的大便跟那个很像，表面漂浮着好几个蛋黄大小的，黄色圆形气球一样的东西。透明的气球里包裹着黄澄澄的液体。就像肥皂泡颤抖的彩色薄膜一样。我生了一串空气蛋。

"这啥啊？"

朋友脸上散发出兴奋的光芒。这人到底怎么回事啊。

就算再怎么像圆形气球，那都是真真正正的大便呀。大便上漂浮着大约四个直径约有四公分的圆球，圆球与圆球之间还黏附着薄膜扭曲形成的细丝。最像鸡蛋的地方在于，那些圆球一个比一个小，一公分左右的也有两三个。

"我说，这到底是啥啊？"

人竟然会如此稀罕少见的东西吗？瞧她那兴高采烈的模样。

老实说，那虽然是大便，倒也还挺漂亮。一个个透明的黄色泡泡。

"你，快去拿一次性筷子。"

朋友对我下了命令。我拿了筷子，又走到厕所旁边。我觉得就算再怎么稀罕，她也不至于有勇气戳别人的大便，于是拿起筷子准备戳向那个最大的圆球。

"等等，让我来呀。"

说着，她从我手上一把夺过了筷子。她一戳，屎泡泡就在水里转来转去，原来那层表皮竟很坚韧。

"这到底是啥呀。快拿叉子来，大的。"

一次性筷子还可以扔，叉子该怎么办呀？扔掉吗？我在抽屉里找了一把扔了也无所谓的叉子。莫非我很吝啬吗？

朋友戳开了最大的泡泡。它真的像泄气的气球一样，变成了干扁的麻绳模样。

"喂，让我也玩玩呀。"

我也想亲手消灭掉这个诡异的东西。这可是我的大便呀。于是我们两人联手戳了起来。

最后还剩下一公分左右的，我就问："你要戳吗?"

"不要，我嫌小。"

于是我们定定地看着厕所。

"要不请人检查检查吧。"

她似乎恢复了正常。

"早知道就别戳破了。"

"对啊。不过都怪它们一副让人想戳的样子。"

我已经心满意足，因为我有证人了。我既没有说谎，也没有夸张。我感到心中充实，便将那些蛋的残骸冲走了。

走出厕所，我们回到被炉里相对而坐。朋友依旧高兴得满面红光。我想，这家伙肯定会在我弥留之际追问："我说，你现在啥感觉?"

"那东西拉出来的时候感觉奇怪吗? 屁眼有没有此起彼伏的感觉?"

"没什么感觉。"

"难道是扑哧一下子全出来了?"

"早就忘了。"

人真是健忘。朋友脸上的表情仿佛在说跟这个肮脏毒虫状态的人来往了一年多真是太值得了。我以前好像从未见过此人露出过这么高兴的表情。

真是健忘。

有一次，我还排出了好像虎斑猫的尾巴一样的大便。现在我已经记不得那是屎蛋之前还是之后了。

我的大便依旧是暗绿色的胶状物体。一次我回过头去，发现厕所里有一条好像虎斑猫尾巴一样的大便，竟以规整的大便形态浮在水面上。那是鲜艳的黄色与黑色相间的斑纹模样，长约二十公分，粗约三公分。黄色部分约为一公分，黑色部分约为一公分，所以组成了格外整齐的斑纹。黄与黑之间界限分明。我又震惊了。那条大便的斑纹比我画的虎斑猫尾巴还整齐。大便究竟是按照什么程序制造出来的？我健康的时候排出的大便也是起初有点发黑，随后渐渐变成褐色，到最后则是鲜艳的黄色。可是，那种时候的颜色也没有区分得如此清楚。

我还撅着光溜溜的屁股。在我对斑纹大便震惊不已的时候，我又有便意了。

这回拉出了水一样的大便。我站起来，看着厕所，大吃一惊。大便在水面上薄薄地散开，竟形成了黑色燕尾蝶的翅膀形状。漆黑的翅膀中间，盘绕着鲜黄色的纹路。虽说是偶然，但是斑纹大便两侧竟恰好形成了左右对称的黑色燕尾蝶翅膀，还隐隐有些透明，夹杂着鲜黄色花纹。

我恐怕一辈子都拉不出这么美的大便了。当时酷爱稀罕物的朋友竟不在身边，实属遗憾。

于是我孤独地将大便冲走了。

后记

我用核磁共振成像检查了脑袋，没什么异常，只是脑子随着年龄增长出现相应的萎缩而已，跟隔壁同龄的大妈一样。

可是，我异常健忘。我想不起家里钟点工的姓名。朋友到家里来，我在喊出她的名字前完全想不起那个名字。只要想起来就没问题了，然而到第二天就很难说。日期星期都很模糊，记不住现在是四月还是六月，要是每天都对我说今天周一，我也点头称是。

我觉得日常生活加重了我的健忘，因为我每天都躺在沙发上呆呆地看电视，过着今天几号星期几都与我无关的生活。

偶尔回想过去（明明全是些糟心事，丝毫没有想要回想的过去），绝对想不起那些事哪个在前哪个在后，就像穿插着回忆和现在的电影一样。

今天我打开衣箱，发现和服全没了。我应该是送人了，但想不起那人是谁。我一直都很健忘，那对我来说可能并不重要。虽说如此，我这一生不重要的事情实在太多了。

然后我又强烈感慨：我这一辈子，活与不活都不太重要。

可是，我这一辈子应该是拼命挣扎过来的。许多时候我都是咬紧牙关，挺过了再来一次我绝对挺不过去的事情。

可是现在，那些回忆都褪去了色彩，变得模糊而遥远。

如果不忘记，人就无法活下去。

活过这么些年月，记忆会变得无比庞大，如果全都牢记在心，就得像芥川龙之介那样英年早逝。我活到现在，该死上三次了。所幸我并不是芥川。神啊，谢谢你。

所以，我看到自己写的东西也会想，唉，这是啥时候写的？

等我死了，被阎王爷询问姓名，我可能会回答："唉，谁？我吗？忘了。"

二〇〇九年五月三十一日

佐野洋子

图书在版编目（CIP）数据

别靠近书：佐野洋子随笔集 / (日) 佐野洋子著；
吕灵芝译. —— 北京：北京联合出版公司, 2024.3
　　ISBN 978-7-5596-7243-8

　　Ⅰ. ①别… Ⅱ. ①佐… ②吕… Ⅲ. ①散文集—日本
—现代 Ⅳ. ① I313.65

中国国家版本馆 CIP 数据核字（2023）第 189325 号

北京市版权局著作权合同登记　图字：01-2023-4836

别靠近书：佐野洋子随笔集

作　　者：［日］佐野洋子
译　　者：吕灵芝
出 品 人：赵红仕
策划机构：雅众文化
特约编辑：马济园　王　乐
责任编辑：龚　将
封面插画：几　迟 at compus studio
装帧设计：几　迟　汐　和 at compus studio

────────────────────────────

北京联合出版公司出版
（北京市西城区德外大街83号楼9层　　100088）
北京联合天畅文化传播公司发行
山东临沂新华印刷物流集团有限责任公司印刷　新华书店经销
字数122千字　　1092毫米 × 787毫米　　1/32　　7.25印张
2024年3月第1版　　2024年3月第1次印刷
ISBN 978-7-5596-7243-8
定价：58.00元

────────────────────────────

MONDAI GA ARIMASU by YOKO SANO
©JIROCHO, Inc. 2012
Originally published in Japan in 2012 by Chikumashobo Ltd.
Chinese (Simplified Character only) translation rights arranged with
Chikumashobo Ltd.
through TOHAN CORPORATION, TOKYO.